覇王の誓い
～囚われた奇跡のオメガ～

Ayano Saotome
早乙女彩乃

CHARADE BUNKO

Illustration

北沢きょう

CONTENTS

覇王の誓い～囚われた奇跡のオメガ～

◆ 1 ◆

ガダル大陸で覇権を轟《とどろ》かせるドモンコス帝国。

帝国とは、複数の王国を支配下に置く国家を意味し、ドモンコス帝国は若干二十三歳の若き皇帝、アンドラーシュが統《す》べる軍事大国である。

周囲に多くの従属国を持つが、その中で最も強大な国家が、西に位置するバレリア王国だ。

漁業と農業が中心で、カッサンドロ国王が統治している。

両国は長い歴史の中で戦を繰り返した過去があるが、七十年前にドモンコス帝国にバレリア王国が従属して以来、平穏が続いていた。

表向きは友好を演出している両国だが、バレリア王国は、ガダル大陸の中でもドモンコス帝国に次ぐ軍事力を保有する強国。

故に、アンドラーシュ皇帝は現在も常にバレリア王国の動向を注視しているという。

大陸に春が訪れ、高原に桃色のプリムラが咲き始める頃。

五百の騎馬隊と千の歩兵隊からなるドモンコス帝国の軍勢が、突如、国境を越えてバレリア王国の領土に踏み入った。

馬蹄《ばてい》の荒々しい轟きが大地を揺るがし、甲冑《かっちゅう》の音が鳴り渡る。

群青の空の下、風を切り裂いて進む人馬の波の中に、ドモンコス帝国旗がうねるように翻った。

その先頭を駆けるのは、皇帝アンドラーシュ。

自らが大軍を率いての隣国への侵攻だったが、これは歴史的に見ても由々しき事態だ。

アンドラーシュ皇帝の軍勢が王都に入る直前、馬で駆けつけた国境警備兵からの第一報が入った。

「申し上げます。たった今、アンドラーシュ皇帝陛下率いる人馬千五百の大軍が、国境を越えて我が国の領土に侵攻して参りました」

伝令の兵士の突然の報告に、カッサンドロ国王は驚きを隠しきれない。

「なんと！　いったい何事だ！」

現在、両国の関係は非常に良好で、侵攻されるいわれに見当がつかない以上、下手に騒ぎ立てるのは得策ではないと国王は判断する。

なぜなら、現在は友好関係にあるものの、実際は支配する国とされる国。些細《ささい》な言いがかり一つで、こちらの立場を簡単に悪くされる恐れがあるからだ。

「カッサンドロ国王、いかがいたしましょう！」

しばしの考慮の末、国王は侍従頭に命じる。

「すぐにアンドラーシュ陛下の軍隊を歓迎する準備を始めろ。表だって見えるような用心は一切するな。だが…」

その一方で国王は、事前通告もなしの侵攻まがいの来訪に警戒を強め、密《ひそ》かに軍隊を待機させ、すみやかに厳戒態勢を敷いた。


王宮内の迎賓の間に通されたアンドラーシュ皇帝は、マントをひらりと翻すと、カッサンドロ国王の前に歩み出て、その顔を睨《にら》みすえる。

皇帝の眼光の鋭さたるや、まさしく誰もが震えあがるほどだ。

甲冑からのぞく陽《ひ》に灼《や》けた浅黒い肌と、艶のある漆黒の髪。

目尻の切れ上がった瞳の色は、翡翠《ひすい》の緑。

高い鼻梁《びりょう》と一文字に結ばれた唇は、意志の強さを示している。

見事な筋骨を誇る体軀《たいく》をしているが、それでいて手足が長いせいで均整が取れ、アンドラーシュ皇帝の風采は雄々しく美しかった。

「出迎えご苦労、カッサンドロ国王」

絢爛豪華《けんらんごうか》な装飾と、技巧的な美術品で埋め尽くされた迎賓の間に、冷涼と響き渡る声。

「アンドラーシュ皇帝陛下におかれましては、ご健勝でなによりでございます。さて、本日はいかがなされましたか？」

一見すると社交辞令的な挨拶がひとしきり続いたが、迎賓の間には緊迫した空気が漂っていた。

「ではさっそく本題に入る。本日は、皇帝暗殺を謀《はか》った首謀者を引き渡してもらうために参った。引き渡しを拒めば、我が国の騎士諸侯部隊がこのままバレリア王国を占拠する」

皇帝の要求に、カッサンドロ国王は度肝を抜かれた。

「なんと！」

国王の驚愕《きょうがく》をよそに、アンドラーシュ皇帝とその従者たちの注目が一斉にある者に向けられた。

「セフィリア王太子。前へ出よ！」

どうやらセフィリアに、皇帝暗殺を首謀した嫌疑がかけられているようだが、それは当の本人にとっても寝耳に水だった。

ガダル大陸には、男女の性別の他に、アルファ、ベータ、オメガという三つの性が存在している。

アルファ性は遺伝的に優秀な者が多く、十人に一人と数は少ない。

多くの者はベータ性に属しているが、最も少ないのがオメガ性で、その数はアルファの約五分の一ほどだ。

オメガには三ヶ月ごとに発情期があり、男女とも、性交によって妊娠する可能性がある。

知性や体力面で劣っている場合も多く、そのため、周囲に庇護《ひご》されて生きている者も多かった。

バレリア王国のセフィリア王太子は現在二十六歳でオメガ性。

アルファである両親、カッサンドロ国王と正妃メリッサの嫡男で、王位継承権第一位。

異母兄弟となる二十二歳の第二王子イグナーツと、まだ十四歳の第三王子ピエールも共にアルファで、ベータの側室マリアの息男だった。

総じてアルファ性の両親からは、アルファの子が生まれる。

だがセフィリアはアルファの両親から生まれたオメガという稀《まれ》な存在で、ガダル大陸では【奇跡のオメガ】と称され、たいそう大切にされていた。

その理由は、オメガでありながら優秀であることが挙げられるが、さらには奇跡のオメガが、最上級のアルファを産むとされているからだ。

ガダル大陸の歴史上でも、名だたる賢王の多くが奇跡のオメガを母に持っていた。

セフィリアに発情期が訪れ、オメガだと判明したのは十六歳の時。

だが本人は自身がオメガ性だという予兆を感じていたので、さほど驚きはしなかった。

セフィリアが奇跡のオメガだと判明してからは、周囲の反応が一変した。

周辺諸国の王侯貴族から婚姻を求められることが増えたが、セフィリアはそのすべてを断った。

それには理由がある。

実はセフィリアには、己の運命の番《つがい》かもしれないと思っている相手がいて、彼と番《つが》えないなら誰とも婚姻などしないと心に誓っていたからだ。

だがそのことは胸にしまって、これまで一度も口に出したことはなかったが。


「セフィリア王太子、聞こえないのか？　前へ出よ！」

セフィリアは状況を受け入れられずにいた。

「恐れながらアンドラーシュ陛下、わたしが暗殺の首謀者？　そのようなこと、まったく身に覚えがございません」

それが真実だった。

困惑を抑え、セフィリアは凛《りん》とした姿で前へと歩を進める。

碧《あお》い瞳は強い意志を示すように細くすがめられ、高価な金糸のようなプラチナブロンドの髪が、ふわりと背中で揺れた。

ほっそりとした首には、不本意に番わされることを避けるため、幅の広い真珠のチョーカーが輝いている。

美貌の王太子をチラリと見やると、アンドラーシュは鼻を鳴らす。

「いいや、我が国の密偵からの報告に間違いはない。そうだな？　エルネー」

「……はい」

密偵と明かされた彼を、セフィリアは目を見開いてうかがい見る。

信じられないことだが、ドモンコス帝国の密偵というのは、セフィリアが常に信頼を寄せている歳《とし》若い側近だった。

「そんな…まさか、エルネー？　おまえがドモンコス帝国の密偵だというのか？　嘘《うそ》だ…信じられない！」

セフィリアの戸惑いをよそに、エルネーは掌《てのひら》を返したように証拠を突きつけた。

「セフィリア王太子が首謀者だという証拠は、ここにございます」

彼が手にした雁書《がんしょ》を広げて示すと、王家の紋章入りの書面が現れる。

それは王太子の筆跡に酷似し、王家の印章も捺《お》されていた。

「こんな雁書など、わたしは一切知りません」

セフィリアは急ぎ雁書の文面に目を走らせたが、確かにそこにはアンドラーシュ皇帝の暗殺を国家の諜報員へ指示する文言が、詳細に記されていた。

「わたしではない。これはなにかの間違いです！」

だが、セフィリアの抗議の声はアンドラーシュには届かない。

「よいかカッサンドロ国王、これは紛れもないドモンコス帝国への反逆罪で、由々しき事態だ。バレリア王国が我が帝国に宣戦布告を申し立てるなら、いつでも受けて立つ」

腹から絞り出すような恫喝《どうかつ》は迎賓の間に響き渡り、カッサンドロ国王は震えあがる。

千五百もの兵からなる大軍を率いて皇帝が従属国に乗り込んできたのは、奇跡のオメガである王太子、セフィリアを罪人として捕らえて連れ帰る目的だったようだ。

「なんと…っ！　戦火が続いた大陸に和平が訪れて久しい中、この期に及んで帝国と矛《ほこ》を交えるなど滅相もございません」

カッサンドロ国王は、支配国と開戦する意は皆目ないと断言する。

「それはセフィリア王太子に問うてみるがいい。ときにカッサンドロ国王、我が国の軍事

力は把握しているな？　戦になれば勝敗は明白。多くのバレリア兵士が落命するやもしれん」

セフィリアはひざまずいたまま、声を張った。

「お待ちください陛下！　どうかもう一度究明を！　わたしはそのような雁書を書いた覚えもございません！」

「陛下、我が息子セフィリアは誰より大陸の和平を重んじている。それが、陛下の暗殺など謀るはずがありません！」

カッサンドロ国王は繰り返し第一王子の嫌疑を否定するが、側《そば》にいた第二王子、イグナーツが密かに耳打ちをした。

（父上、セフィリアはたびたび、アンドラーシュ帝の政権を批判していたと、従者から耳にしておりました）

「それはまことか、イグナーツ？」

国王にとっては、にわかには信じがたいことだったが。

「はい。相違ございません」

カッサンドロ国王が知るセフィリアは、アンドラーシュ皇帝へ政権が変わってからは、格段に大陸の治安がよくなったと、その手腕を大いに称《たた》えていた。

歳は若いが、賢人で、しかも剣の腕も立つとたいそう認めていたはずだ。

「罪人セフィリア、今すぐ俺とドモンコス帝国に来なければ、おまえの国がどうなるか想像はつくな?」

いくら脅されてもこれは明らかに冤罪《えんざい》で、セフィリアはどうしても納得できない。

だが、この命令を拒否した場合、自国がどうなるかはわかる。

「アンドラーシュ陛下、くだらない嫌疑で両国が戦争になるなど言語道断。わたしのせいで多くの国民を巻き込むことなどできません」

まるでその言葉を待っていたように、アンドラーシュはニヤリと片眉をあげてセフィリアを見据える。

「兄上さま、行ってはいけません!」

まだ十四歳のピエールは、おびえながらも声をかける。

「ピエール、心配するな。わたしは大丈夫だから」

末王子の言葉を制すると、セフィリアは鋭い視線をアンドラーシュに向けた。

「ならばセフィリア、おまえに選ばせてやろう! 謀反を企《くわだ》てた反逆者として我が国で裁きを受ける覚悟があるなら、バレリア王国への報復はやめてやる」

卑劣な交渉を突きつけられた形だが、従属国の王太子であるセフィリアに選択の余地はない。

「されば陛下、わたしを罪人としてドモンコス帝国へ連行し、処刑するということですか?」

アンドラーシュはふんと鼻を鳴らし、嘲笑を浮かべた。

「おまえの処罰に関しては、俺の考え一つでどうとでもなる。殺すもよし、奴隷とするもよし。他に利用価値があるやもしれんから、処遇は追い追い考える。さぁどうする? セフィリア王太子、俺と来るか?」

怒り心頭に発すとはまさにこのことだったが、国民を盾に取られては為《な》す術《すべ》がなく、セフィリアは覚悟を決めた。

怒りに震える凛とした声音が響き渡る。

「承知しました。我が王国の民を護《まも》るためなら、この命などいくらでも差し出す所存です。しかし冤罪で奴隷にされて生き恥をさらすくらいなら、いっそ処刑するがいい! さぁ、わたしをドモンコス帝国へ連れていけ」

結局、嫌疑を否定しても聞き入れられることはなく、国王夫妻も憤りを覚えながら、連行される王太子の背中を見送るしかない。

ガダル大陸最強の覇権国、ドモンコスの皇帝に逆らえる者など、周辺諸国にはいなかった。

「賢明な判断だ。さぁ来い」

白く細い腕にアンドラーシュが手錠をかけ、その先を引く。

「あっ……！」

乱暴な行為にセフィリアがよろけると、彼はひどく優雅に手を取って支えてくれた。

「大丈夫か？」

一致しない皇帝の言動に妙な違和感を覚える。

「わたしに触るな！」

怒りにまみれたセフィリアの震える声が、迎賓の間の白亜のドーム天井に、むなしく響いた。


隣国の王太子を拉致《らち》したアンドラーシュは、大軍を率い、ドモンコス帝国への帰路についている。

両手を手錠で繋《つな》がれた屈辱的な状態で、窓のない罪人用馬車に乗せられたセフィリアは、道中ずっと絶望の淵《ふち》に沈んでいた。


翌朝、大軍はドモンコス帝国の王都、ナールーンの中心に位置する要塞のような王宮に帰還した。

「さぁ降りるんだ。王太子」

アンドラーシュは鎖を引いて、セフィリアを馬車から降ろす。

これまでも何度か訪れたことのある王都ナールーンは、貿易が盛んで活気があって景観も美しい。

皇帝が居住している王宮は、いくつもの円塔を備えた戦闘的な外観でそびえ立っている。まるで軍事要塞のごとき外観を補うかのように、王宮の外壁には彫刻やタイル装飾が丁寧に施され、美観も損なってはいない。

ここ数年で、王宮はずいぶん改装されたようだ。

「セフィリア、ここが我が王宮だ。さぁ来い」

新しい技巧を集めた建築に目を奪われていたが、セフィリアは鎖を引かれて我に返る。

王宮の正面扉に続く広い階段には、一直線に深紅の絨毯《じゅうたん》が敷かれていて、その上を歩かされた。左右に整列した多くの従者が、腕を胸に添えて頭を垂れ、無事帰還した皇帝を迎えている。

王宮の外壁に施されたターコイズブルーの装飾タイルは見事で、門楼には王家の紋章が彫られていた。

セフィリアはその真下、開放された正面扉から中に入る。

金彩《きんだみ》で飾られたアーチ天井が続く廊下を、罪人のように鎖に繋がれて連行される。

一国の王太子という高貴な身分の者が、このような仕打ちを受けるなどあまりに屈辱的で、セフィリアはぐっと奥歯を噛《か》みしめた。

だがしかし、いくら罪人として鎖に繋がれていようと、セフィリアの美しさは損なわれない。

セフィリアが歩くと金色の細い髪が肩先で揺れ、天窓から透けて落ちる陽の光に、輝きを増す。

前を見据えた瞳は凛として、空の滴のような碧色の瞳は尊厳を失っていなかった。

男性とはいえオメガ特有の華奢《きやしや》な身体《からだ》は、中性的な魅力にあふれている。

出迎えた従者たちは、間近で見るセフィリアの、想像を絶する美貌に魅入られているようだ。

――あぁ、バレリア王国の王太子は、なんと美しい御方だ。

――この世の美を集めたような麗しさではないか。

そんな賛辞が密やかに耳に届くと、アンドラーシュはなぜか誇らしげに振り返った。

「王宮の者は皆、おまえの美しさを褒め称えているようだぞ?　俺を亡き者にしようと謀った罪人ということも忘れてな」

ガダル大陸の者なら誰でも知っている。

バレリア王国のセフィリア王太子は、アルファの両親から生を受けた最上級の稀少オメガだということ。

カッサンドロ国王を補佐しながらも、自身は医術を学んで治療師としても国家に貢献している。その上、剣術の腕が立つ猛者《もさ》でありながら人柄も温厚な人徳者だとして、国内外での評判も上々だった。

当然、各国の王族がこぞって婚姻の申し入れをしたが、セフィリアはすべてをはね除けてきた。

その事実は、このドモンコス帝国の国民の間にも広く知れ渡っている。

もちろん、セフィリア王太子をアンドラーシュ皇帝の正妃にと望む声は、以前から王族や議会の長老たち、近しい従者の中にも多かった。

「お帰りなさいませ、陛下」

「無事のご帰還、安堵《あんど》いたしました」

ビロードの絨毯が敷かれた廊下を抜け、さらに奥の扉を開けて広間に入る。

そこにはアンドラーシュの執事頭であるゾーイと、皇帝だけに仕える多くの召使いが出迎えのために並んでいた。

「帰ったぞ。留守の間はご苦労だった。さて、これはバレリア王国のセフィリアだ。謀反人として裁くために連れ帰った」

主の言葉に、従者たちはそろって戸惑った顔を見合わせる。

先日、突如軍隊を率いてアンドラーシュが物々しく出立した理由は知らされていたが、セフィリア王太子の謀反を疑問視する者が多かったからだ。

ドモンコス帝国内でも人徳者と評判の美貌の王太子が、哀れにも鎖に繋がれている姿を目の当たりにして、気の毒に思う者も多くいるようだ。

そんな中、セフィリアは改めてこの場で己の嫌疑を否定する。

「アンドラーシュ陛下、改めて申すが、皇帝暗殺の謀《はかりごと》など、わたしにはまったく身に覚えがないことです」

だがアンドラーシュは、それを一笑に付す。

「優秀な腹心であるエルネーの報告に間違いはない。おまえ、俺の側近を疑うのか？ 戯《ざれ》言《ごと》はもういい。さぁついてこいセフィリア！」

皇帝は淡々とした表情で、改めて強く鎖を引いた。

「あっ…」

無理やり引っ張られてよろけるセフィリアの姿を見て、思わず目を伏せる従者が何人もいた。

「お、お待ちください陛下！ あの…セフィリア王太子を、どちらへお連れするのですか？」

きっちりとプールポワンを着た初老のゾーイが、おそるおそるうかがいを立てる。

「俺の居室に連れていく」

その判断に、ゾーイはわざとらしく目を見張る。

「居室ですと！　いいえ。それは…いかがなものかと」

「心配するな。逃げたり悪さができないよう、見張りをつけて部屋に閉じ込める」

罪人として捕らえてきた者を皇帝と同じ空間に住まわせるなど、想像を絶する愚行だと誰にもわかることだが、皇帝には誰も逆らえない。

アンドラーシュの統治手腕は、常に剛胆だった。

それでも政《まつりごと》は前政権より格段に改善されて成果をあげているから、国内だけでなく、周辺諸国からの評判も上々だったのだ。


王宮の最奥にある広大な区画は、皇帝の居住区域だ。

廊下の壁には彫刻の彫られた石版が張られ、床にはここでもビロードの絨毯が敷かれている。

背の高い観音扉を開けると、そこはアンドラーシュ皇帝の居室になっていた。

ここまで歩かされている間に目にした王宮の内装は、目を見張るほど豪華だったが、この部屋の内装や調度品はそれを上まわっている。

自分の立場も忘れ、セフィリアは興味深い視線を方々へと向けてしまった。

「なにを見ている？　そこに座れ」

呼びかける声に我に返ったセフィリアは、凝った刺繍《ししゅう》の施された布張りの椅子に腰かける。

驚くことに、皇帝はそこであっさりとセフィリアの手錠を外した。

「え？　いったい……なぜです？　わたしが逃亡を計るとは思わないのですか？」

「見せてみろ」

それには答えず、アンドラーシュは痛々しげな目で白く細い手を取る。

「長く歩かせたからな。手錠がこすれて血が出ている。痛むか？」

気遣いを見せるような言葉に、セフィリアは驚いてアンドラーシュの顔を見あげた。

彼の態度の変化に戸惑いを隠しきれない。

「セフィリア？」

ふと呼ばれて皇帝を見ると、いきなりシャツの肩口を摑《つか》んで引っ張られた。

鎖骨あたりまでが露《あら》わになり、首にかけているペンダントの鎖が鈍い光を放つと、なぜかアンドラーシュは眉をひそめた。

「アンドラーシュ陛下？　どうかしましたか？」

「……あぁいや、なんでもない」

さらに皇帝は薬箱を持ってくると、セフィリアの隣に座り、自ら傷の手当てを施し始める。

だがセフィリアには、それは到底理解できない行動だった。

「セフィリア、俺に対して敬語はいらない。敬称も不要だ」

なぜそんな不可解なことを急に言うのかわからなかったが、今はそんなことどうでもいい。

だが、皇帝に命じられたのなら従うまでだが。

「……わかった。ではアンドラーシュ、教えてくれ。なぜわたしに手当などする？　わたしは罪人なのだろう？」

問いには一切答えないが、その手つきは器用で優しかった。

「意外だな。ドモンコス帝国の皇帝陛下は、とても処置が上手い」

セフィリアには目もくれずに淡々と包帯を巻いていくのは、ガダル大陸の覇王と呼ばれている勇猛な男。

「戦火の中で俺は自分の腹の刀傷を縫ったこともあるし、毒矢に倒れた味方の毒を吸い出したこともある」

「まさか？　自分で腹の傷を縫っただと…？　信じられない」

剣の鍛錬に常に抜かりはないが、実際に戦に出たことがないセフィリアは、それを想像して痛々しげに眉をひそめる。

「そんな顔をするな。おまえの美貌が台無しだ」

尊大で剛胆な皇帝が、自分の容貌を易々《やすやす》と褒めたことが信じられずに凝視すると、アンドラーシュは困ったように口元を引き結んだだけだった。

包帯の端を結ぶ器用な手を見つめながら、セフィリアはさらに問うた。

「わたしの側近だった実直なエルネーが、バレリア王国の諜報員だったなど、今でも信じられない。従属国に密偵を忍ばせておくほど、あなたは我がバレリア王国が信用できなかったのか？」

「誰がおまえの国だけだと言った？　勘違いするな。俺は大陸のすべての従属国に諜報員を潜入させている」

抜かりのなさはさすがで、先の皇帝を討ち果たして帝位を奪取したことがうなずける。だからこそ、この才気煥発《さいきかんぱつ》な皇帝が自分に冤罪をかけていることが信じられなかった。

「皇帝陛下。重ねて申すが、これはおそらく誰かの罠《わな》だ。今一度、調べ直してくれ」

「しつこいぞ。おまえとて、側近であったエルネーがどれほど優秀かは知っているだろう」

「もちろん知っている。だが、わたしをはめようとする輩《やから》が雁書をねつ造し、それをエルネーが手にしたとも考えられないか？」

「雁書の筆跡を専門家に鑑定させたが、王太子本人のものだと断定した。それに、封筒の封蠟に捺されていた印璽《いんじ》も、間違いなくバレリア王国、王家の印璽だった」

なにもかもが、セフィリアには信じられない。

「なぜ、間違いないと言い切れる？」

「印璽には使用されている蠟の色に特徴があるものだ。それに決定的だったのは、王家で使用している印璽の紋章の右上部分に欠けがあるだろう？　そこが正式なバレリア王国の書状と完全に一致していたことだ」

そんな細部の特徴まで一致しているなどあり得ない。

かなり巧妙に偽造されたか、セフィリアの身近にいた者が工作したとしか、考えられなかった。

「そんなはずがない！　ならば今一度、さきほどの雁書を見せてくれ」

「何度も見せる必要などない。もう受け入れろセフィリア、エルネーの示した証拠に間違いはない」

断じて罪を認めない旨を再三告げても一切取り合ってはもらえなくて、セフィリアの唇から大仰なため息が漏れる。

どうあっても己の嫌疑が晴れないのならと、ようやく腹を決めた。

「あいわかった。わたしが謀反の首謀者だと言うのなら、迷うことなくさっさと処刑すればいい。我が国がいわれのない理由で戦渦に巻き込まれるくらいなら、わたしは潔く死んでやる」

「ふん。ずいぶんお優しいことだが、なぜそんなに死にたがる？　おまえの処刑など、俺の腹一つでいつでも執行できる。だが……喜ぶがいい。おまえは殺さず、俺のそばに置いてやる」

「は？　どういうことだ？」

アンドラーシュは飄々《ひょうひょう》と答える。

「生かして利用させてもらう」

処置の終わった手を振《ふ》り解《ほど》くと、セフィリアは椅子から立ちあがった。

「なんだって？　罪人は罰すると言っただろう？　わたしを処刑するためにドモンコス帝国に連れ帰ったのではないのか？」

「誰が処刑すると断言した？　おまえのことは、俺の命を狙《ねら》うかもしれない他の従属国への見せしめとして、この王宮で人質として生かしておいてやる」

それはセフィリアにとって、あまりに屈辱的だった。

「っ……！　卑怯者《ひきょうもの》め！」

「それにバレリア王国は従属国の中でも我が国に次ぐ軍事力を保持し、常に我々の驚異だ。だが王太子がドモンコス帝国に在《あ》る限り、カッサンドロ国王も容易に手は出せないだろうからな。まぁ、おまえは大事な人質でもあるが、立場は俺の奴隷のようなものだ」

バレリア王国がドモンコス帝国の支配下に置かれてから数十年、両国間に戦はなかった。

「あなたは誤解している！　我が父は誰より平和を尊重している。わたしがここにいようがいまいが、戦を仕掛ける腹などない」

「それはどうかな？　おまえが首謀した暗殺計画に、カッサンドロ国王が荷担していないとも限らない」

セフィリアは眉根を深く寄せ、相手に嚙みつかんばかりに憤怒した。

「父上にまで嫌疑をかけるとは…許すまじ！」

「まぁそう怒るな。実はエルネーから、国王は潔白だと聞いている。それにおまえのことは、生かして生涯側に置いてやると言っているのだから」

「そんな辱めを受けるくらいなら、いっそ死なせてくれ！」

「見せしめだと言っただろう！　あぁ、もういい。堂々巡りの話はこれで終わりだ。それより、なぁセフィリア…」

アンドラーシュは再びセフィリアを隣に座らせると、ぐっと詰め寄った。

「ひとつ訊《き》かせてくれ。おまえは奇跡のオメガと呼ばれ、各国から后妃にとの申し入れが多かったそうだが、なぜ今も一人でいる？」

「それは……」

彼の問いに対し、セフィリアは答えに詰まる。

なにを隠そう、目の前のアンドラーシュ皇帝陛下こそが、自分の番《つがい》だと思っているからだ。

この数年間、この男に淡い恋心を抱いていたというのに、こんな形で裏切られることになるなんて……。

セフィリアは、ぎりぎりと奥歯を噛みしめた。

自分たちが出会った時のことを、彼は覚えていないのだろうか？

あの時アンドラーシュは頭部にひどい怪我《けが》を負って一時的に記憶を失っていたと思っていたが、後遺症のせいで完全に忘れてしまったのかもしれない。

それとも記憶はあるのに、なかったフリをしているのか？　後者だとしたら、彼があの日の自分と結ばれたことを後悔しているからに違いないだろう。

セフィリアは何度か自問自答してみたが、今の状況で彼に問いただすことはできなかった。

「まぁいい。ではセフィリア王太子、おまえには我が国家への反逆者として、最上級の罰を与えてやる」

「……罰……だと⁉」

想像もしたくないが、セフィリアはその先を目で問うた。

「明日の夜、従属国の国王と我がドモンコス帝国の王侯貴族らを招いた晩餐会《ばんさんかい》を催す」

毎年、この時期に恒例的に催される晩餐会は、皇帝から諸国の国王への慰労の宴。

夕刻から夜中まで開催され、楽師や娼婦《しょうふ》なども出入りする大人の宴だった。

来賓には他にもドモンコス帝国の王侯貴族や、貿易商、富豪なども招かれている。

「酒を酌み交わして賑《にぎ》やかに国交を深めるための宴だが、その場でおまえを抱いてやる」

「……！」

セフィリアは一瞬、なにを言われているかわからなかった。

「聞いているのか？　明日の晩餐会で、おまえを抱いてやると言っている」

我が耳を疑うような事実が突きつけられる。

「な…んと？」

「それがおまえへの『罰』の執行であり、俺に逆らえばこうなるという見せしめでもある」

彼の発した恐ろしい言葉の理解が徐々に進むが、それを受け入れることなど到底できない。

「っ…そんな、あまりにむごい！」

ドモンコス帝国の従属国はガダル大陸に八ヶ国あるが、これまでセフィリアが王太子として謁見したことがある国王も晩餐会には招待されているだろう。

彼らの眼前で抱かれるなど、信じがたい屈辱だった。

「っ…アンドラーシュ陛下、あなたに慈悲の心はないのか！」

セフィリアが怒りを込めて責めると、彼は一瞬だけ目を伏せて苦悶《くもん》の表情を浮かべる。

「……え？」

だが次の瞬間にはもう、政権を転覆させて大陸を支配する覇王の顔に戻っていた。

「あぁ、慈悲といえば、今回ばかりはカッサンドロ国王夫妻に招待状は送っていない。それがせめてものおまえへの慈悲だが、国王は不審に思っているだろうな」

肉親の前で抱かれる…それを見られるのだけは避けられたことで、セフィリアはわずかに安堵した。

「いいかセフィリア、俺への反逆者は処刑するに値するが、おまえの存在は今後も従属国への牽制《けんせい》になるだろう」

「まさに、見せしめということだな…」

「あぁそうだ。それに従属国の国王には、バレリア王国のセフィリア王太子が俺の奴隷になったと知らしめるにも、ちょうどいい機会だ」

「っ…っ」

アンドラーシュの表情は、まるで悪魔にでも魅入られたように嬉々《きき》として、空恐ろしかった。

だがその一方、少し油断をすると、不意に痛々しい表情を見せるのが腑《ふ》に落ちない。

「奇跡のオメガを欲しがる数多《あまた》の者たちの失望する顔が、今から楽しみだ。さぁ衛兵、セフィリアを用意した部屋に連れていけ」

腹に据えかねる怒り、そして到底承服できない失望の中、セフィリアの碧い瞳から徐々に輝きが失われていった。


セフィリアが出ていったあと、アンドラーシュはいらだった様子で上着を脱ぎ捨てた。入れ違いに入室したエルネーが床に落ちたそれを拾いながら、遠慮がちに声をかける。

「陛下、差し出がましいようですが…」

「なんだ」

椅子にどかりと腰を据え、面倒臭そうにブーツを脱ぎ散らかす。

「ここまでの首尾は順調ですが、本当にこれでよろしいのですか？」

室内履きを足元に置いてエルネーが問いかけると、アンドラーシュは深く眉を寄せた。

「あぁ、問題ない。すべて俺に任せておけばいい」

「ですが、せめてセフィリアさまには…」

その言葉尻を、アンドラーシュは遮る。

「エルネー、今日は誠にご苦労だった。もう下がって結構」

視線を泳がせたエルネーだったが、渋い顔で一礼をしたのちに退室していった。

一人になったアンドラーシュは尊大に脚を組むと、天井を睨んでぽつりと言葉を落とした。

「セフィリアの首にかけられていたのは、俺があのとき与えたペンダントだった…」

それがセフィリアのどんな心境を意味しているのか、アンドラーシュは考えようとして頭を振った。


その頃、バレリア王国内のカッサンドロ国王夫妻は失意の中にいた。

どれほどの激高に身を焼いても、今の国家の平穏を脅かすことはできない。

国民のことを考えると、我が子を犠牲にしても、強国ドモンコスの若き皇帝には逆らえなかった。

せめて死罪だけは免れて欲しい…。

そう願う他はなかった。

ドモンコス帝国の皇家では、アンドラーシュの祖父であったミザロ皇帝が崩御したのち、第一子のゴラが帝位を継承し、皇帝を名乗った。

ゴラは正室の子である二人の皇子を大臣など政権の要職に据え、これまでミザロ政権を支え続けた元老院の長老たちを王宮から締め出した。

長老たちは政権とは距離を置く国軍の幹部と近い関係だったため、そちらに身を置いた。

一方、側室の子だった第三皇子アンドラーシュもゴラによって王宮を追われ、長老たちに引き取られたのち、国軍で剣術を磨き、長老たちから政のいろはを学ぶこととなる。

帝位を継承したゴラは帝国の権力を拡大するため、国民に重い税を課し、従属国へは国境を渡るごとに通過税を徴収するなど無謀な政策をとり、これまで築いた国家間の貿易均衡を一方的に乱した。

さらには国力増強のため、新しい武器を次々と購入するなど、国家武装に多くの税金を投じて政権の影響力を拡張することに努めた。

だがゴラ政権の軍事強化政策は、奇しくも長老たちが仕切る国軍に多くの資金を流すこととなった。

知恵のまわる長老たちはその膨大な資金の一部を二重帳簿によって横領し、クーデターの資金を少しずつ蓄えることができた。

軍事力で従属国を従わせようとするゴラ皇帝の政策に、やがては国内外から不満の声が噴出。政策はわずか数年で頓挫《とんざ》してしまい、ドモンコス帝国が統治する属国を含めた大陸全土の治安が大いに乱れていった。

そんな中、国軍に身を置いていたアンドラーシュは着々と力をつけ、地盤を固めていた。

やがて長老たちの後押しもあり、今から約三年前、クーデターを起こしてゴラ政権を転覆させた。

ゴラ皇帝と二人の皇子を国外追放したのち、アンドラーシュがドモンコス帝国の皇帝に即位して新政権が誕生した。

アンドラーシュが帝位を継承して以降、大陸内の従属国との関係は急速に改善していった。

即位後、真っ先に行った政策は、ゴラ政権が軍事力強化のため大幅に増やした従属国の税を半分に減らすこと。

それによって従属国の信頼を一気に取り戻したアンドラーシュは、次に大陸間の国境にある塀や柵を撤去し、国をまたいで容易に行き来ができる公道を整備した。

それにより、国家間での貿易協定が簡素化され、貿易の自由化が一気に促進されることとなり、大陸全体の交易も盛んになって人々の生活を向上へと導いた。

大陸が平穏になることで、剣や盾、甲冑や大砲などといった鉄の武具が不要となった。

そのため、武器の製造販売を担っていた団体からは不興を買うこととなり、アンドラーシュ自身が命を狙われることもあった。

それでも彼は、豪腕にしてはこまやかな気配りもできる賢帝として上手く立ちまわり、やがて大陸でその名を馳《は》せていった。

彼は破綻《はたん》していた国家の政治を立て直す立役者となったが、政に懸命になりすぎていたために色恋どころではなく、ようやく国家が安寧を迎えるころ、婚姻の話が出始めた。

――そろそろ陛下には、由緒ある家柄のアルファの正妃を娶《めと》っていただこう。

侍従たちからそんな声が聞こえてくる頃、アンドラーシュは突如、大軍を率いて隣国バレリア王国へと侵攻した。

◆2◆

アンドラーシュが招いた従属七ヶ国の国王と、王侯貴族や富豪などの客人をもてなす晩餐会が、大広間で盛大に催されていた。

優雅な竪琴《たてごと》の演奏に、舞踊団の美しい演舞。

それぞれの円卓には極上のワインが並べられ、絶品料理と美しい侍女たちの給仕に、客人たちはいたくご満悦だった。

そして非公式だが会場には上級娼婦の姿もあって、気に入った者がいればひっそりと消えていく客人もいた。

宴が盛り上がりを見せる中、正装のアンドラーシュは立派な玉座に座している。

そして彼の隣には、半裸のセフィリアが床に座らされていた。

宴の冒頭、アンドラーシュはセフィリアが犯した謀反の罪状を公表した。

誰もがその事実に驚愕して会場は大いにざわついたが、皇帝はそれを制し、セフィリアにこの場で罰を与えると告げた。

セフィリアの首には、番避けの真珠のチョーカーが輝き、裸の胸にはベッコウのペンダントが飾られている。

さらに両手首には枷《かせ》がかけられ、鎖で繋がれていた。

そんなふうに上半身は素肌に装飾品、下半身はシルクの下衣しか身につけることを許されず、まさに奴隷そのものといった格好を強いられていた。

強国の王太子という身分の者がこのような辱めを受けるのは、精神的にも耐えがたい屈辱で、セフィリアは今すぐここから消えてしまいたいと願う。

だが、それ以上に懸念することがあった。

セフィリアはアンドラーシュに唐突に拉致されてきたため、発情を抑える抑制剤を持っていないのだ。

今後、他国への見せしめである奴隷のように生かされるのであれば、必ず抑制剤が必要になってくる。

ただ幸いなのは、定期的なセフィリアの発情の時期は、まだしばらくは先だとわかっていることだった。

「さぁ皆の者、遠慮せずに飲んでくれ。昨年のワインは素晴らしいできだったからな」

この上なく上機嫌に見える皇帝の隣で、鎖に繋がれた半裸のセフィリアは身動きひとつせずに目を伏せていた。

一部の者は、そんな哀れな姿のセフィリアに同情的な視線を向けている。

バレリア王国の王太子が、世にも稀少な最上級オメガだということは各国周知の事実だったが、彼が皇帝暗殺を謀ろうとした罪人であることが信じられないからだ。

ここにいる一部の国王や王侯貴族はセフィリア王太子と面識があり、賢く慈悲深い彼の人となりをよく知っていた。

「セフィリア王太子、そんな浮かない顔をするな。おまえは罪人で我が国の人質なんだ。どうだ？　集まった客人たちに酌をしてまわってくれないか？」

両手首を鎖に繋がれ、すっかり意気消沈していたセフィリアだったが、アンドラーシュはその態度に不満を持ったように見えた。

セフィリアは鋭い瞳でアンドラーシュを見たが、命令は取り下げられることはない。

ならばと心を決め、デキャンタを手にしてスラリと立ちあがる。

ほっそりとした立ち姿は、こんな非道な扱いを受けても損なわれることなく美しかった。

透けるほどの白い肌と、背中の中ほどまで伸びた金糸のごときプラチナブロンドの髪。

美しいセフィリアが裸足《はだし》で円卓をまわり、各国の国王や王侯貴族、富豪たちにワインを注《つ》いでいく。

薄っぺらくて短い下衣では、すらりと伸びた綺麗な足を隠すこともできなくて、その素肌は屈辱で小刻みに震えていた。

しかもセフィリアには下着をつけることが許されておらず、羞恥が心を覆い尽くしてしまわぬよう、懸命に自身を奮起させる。

「どうぞ…ワインをお注ぎしましょう」

両手首にかけられた枷と鎖のせいで、ワインはひどく注ぎにくい。

王太子という高貴な身分の者が、裸同然の格好で酌をさせられる。

死ぬほどの屈辱だったが、セフィリアはあえて凛とした表情を絶やさず、優雅な振る舞いで酌を続けた。

そんなセフィリアの姿は、どれほど貶められようとも、真の高貴さは損なわれないということを、客人たちに知らしめているようだった。

だが、それがさらにアンドラーシュの不興を買ったようだ。

デキャンタのワインがなくなると、セフィリアは怒りを込めて玉座に鎮座する皇帝を睨み据える。

男にはなんの効果もないと思ったが、なぜか彼はまた、つらそうに眉根を寄せていた。

「セフィリア、終わったら早く戻ってこい！　少しは俺に媚《こ》びてみせろ！」

命じられ、セフィリアは顎をあげ、凛と前を見据えて玉座まで戻っていく。

「次はなにをするんだ？　一座の踊り子のように、舞でも舞えばいいのか？」

その堂々たる口調と煽《あお》るような態度が気に入らないのか、アンドラーシュは鎖を摑んでセフィリアを引き寄せた。

「あっ…っ、よせ！」

逞《たくま》しい腕がセフィリアの肩を抱いて懐に引き込む。

「わたしに触るな！」

あまりの怒りで頬が赤くなる。

「いやらしい顔をするな！」

「なっ！…っ、ん」

乱暴に顎を摑んで固定されると、ひどく端整な顔が落ちてくる。

口づけられるのだとわかって、セフィリアは顔色を変えた。

なぜだ？

どこの国に、奴隷を抱くときに口づける者がいる？

「やっ、よせっ！　いやだっ」

唇が荒々しくぶつかってきて、ガチッと歯が鳴った。

目の前がチカチカするほどの目眩《めまい》に見舞われる。

いやなのに、自分がひどく興奮しているのも否定できない。

食いしばった歯列を強引に舌で押し開けられ、ぬるつく舌が頬の内側の肉や歯列の裏側を舐《な》めまわす。

奥に逃げても左右に逃げても長い舌に追いつかれ、捕らえて引きずり出されてからめとられる。

「んっ、ふ……ぅ」

さらに唇に歯を立てられ、甘やかな痛みに戦慄が走って口腔《こうこう》に唾液があふれると、一転して甘い蜜をすするように優しく舌を吸われた。

「口を閉じるな!」

これは不快な行為だと自分に言い聞かせるのに、あまりの快感で、ゾクゾクと肌が粟立《あわだ》った。

深呼吸したいのにその息さえ奪われてしまい、裸足のつま先が細かく震えてしまう。

魂を抜かれるほど強烈な口づけに、肌が熱く焼けつく。

興奮した唇がようやくほどけると、見つめ合った瞳はどちらも充血して濡《ぬ》れていた。

あぁ、だめだ。

こんな熱烈で官能的な口づけをされたら、どうにかなってしまう。

互いの唇は唾液で濡れ光り、そこから熱を帯びた息が漏れていた。

アンドラーシュはセフィリアの足を広げさせると、玉座に座った己の膝に、向かい合うように座らせた。

「やめろ！　アンドラーシュ、いやだっ」

嫌悪を露わにした声が大広間に響くと、晩餐を楽しんでいた者たちは食事の手を止める。

あたりがざわついて、彼らの視線が玉座の二人に注がれた。

抗《あらが》うこともできずに抱きしめられて、興奮した男の無骨な掌がしなやかな背中を撫《な》でまわす。

背骨の一本一本を上から確かめるように指が這《は》い落ち、やがてそれは尻たぶをやわやわと揉《も》みしだいた。

「やわらかい」

独白のような声はどこか狂気じみていて、セフィリアは泣きたくなった。

シルクのようになめらかな肌の感触は男の劣情を煽る。

さらには発情期でもないのに、うしろがじわりと濡れ始めたことにも嫌悪を覚えた。

「いやだ…アンドラーシュ！」

声が通ったことでハッと顔をあげて振り返ると、自分が宴席に集まった多くの客人の視線を浴びていることに気づいた。

楽団の演奏がやんでいるわけではないが、彼らの意識もすでに皇帝の動向にある。

大広間全体がざわつき、誰もが動揺に包まれている様子がセフィリアにも伝わってきた。

「セフィリア、俺を見ろ」

後頭部を摑んで、ぐっと顔を近づけられる。

今から自分は、皇帝に抱かれる一部始終を、これまで対等の立場にあった国王や王侯貴族、さらには宴席で給仕をする多くの従者に見られることになる。

「やめっ…ぁぁ」

頰から顎の輪郭を舐められ、それが唇に戻ってくるのを避けようとして顔を逸《そ》らしたが、彼は意にも介さず、露わになった喉元に唇を押し当てる。

「ぁっ！　っ…いやだっ！」

怖いくらいに感じてしまい、背中がビクンと跳ねてしなるように反り返った。

正装のアンドラーシュに薄い下衣一枚で抱きしめられ、彼の服の釦《ボタン》や紐《ひも》が胸や腹を刺激するのにさえ感じてしまう。

乳首がジワッと熱くなって芯から立ちあがると、それはすぐ男の目に留まって耳打ちされた。

「旨《うま》そうだな」

「っ…っ！　変なことを言うなっ」

宴席には楽団が奏でる民族音楽が流れ続けているため、アンドラーシュの行為は国王たちに見えても、二人の声は届かないのが幸いに思えた。

目ざとく変化を見つけられたセフィリアは、鎖で繋がれた不自由な手で胸を隠そうとしたが、荒々しく払い落とされる。

「邪魔をするな」

露わになった鎖骨についばむように口づけられ、唇が徐々に下に移動していく。

「いやだぁ、舐めるなっ。そこは、だめっ。よせ！　ぁ、ぁぁんっ…んんぅ」

紅く熟し始めた突起に容赦なく舌が絡むと、湿った息が鼻から抜けた。

あまりに淫らな自身の肉体の反応に、セフィリアはただただ焦りを覚える。

「嘘をつくな。ここの尖《とが》り方は尋常じゃないぞ」

言い終わる前に乳頭を口に含んで、ちゅっと強く吸いつかれた。

「あぁぁ…あん！」

自分の吐く息が熱くて怖くなる。

舌先で熟した粒をころりころりと転がされ、押し込むみたいにつぶされて、乳首の根っこからじわっと快感が広がっていく。

唾液で濡れた紅い唇が、興奮でぶるっとおののいた。

「あぁ…触るな。そこ、もぉやめて。いやだっ…っ！」

「乳輪もこんなにせりあがっているのに、なにがやめてだ」

乳首に意識が集中しすぎて、アンドラーシュが戯れに乳頭に息を吹きかけるだけで腰が跳ねて声があがる。

「ひっ！　あ…ぁぁっ」

乳首を好き勝手にいじられて嬲《なぶ》られて、痛みに似た疼《うず》きが後孔を一気に潤ませていく。

客人の視線が痛いくらいに感じられ、セフィリアは顔から火が出るほどの羞恥に身を焼いた。

「ぁ！　ああ！　ダメだ。こんなこと…本当にやめてくれっ」

セフィリアは懸命に上体をくねらせて乳首を守ろうとしたが、強引に追ってくる男に好き勝手に食《は》まれてしまい、声を引きつらせて啼《な》き続ける。

「ぁあっ、はぁ…は。はぁ……ぁんっ」

アンドラーシュは時間をかけて乳首を食べ尽くしたあと、ようやく顔をあげて目を合わせた。

「セフィリア。床に這え」

「……え？」

ぐったりと消耗しきった身体を、アンドラーシュは無下に床に突き転がした。

「あっ！　待て、よしてくれっ、アンドラーシュっ！」

うつぶせになって、膝でいざって逃げる獲物を追い詰める皇帝の姿は、まるで狩りを楽しむ獣そのもので、誰の目にも異様に見える。

まるで、なにかに意識を囚《とら》われているような。

半裸で床を這って逃げる細い足首を掴んだとき、アンドラーシュは息を飲んだ。

「……セフィリア、これは？　どうしたんだ？」

獣のように四つん這いになったことで、背中が露わになっていた。

白い背中には、すでに薄くはなっていたが、無数の裂傷の跡が残っている。

「…この傷はどうした？」

「え…？　ぁっ！」

背中の傷跡を見られたことに気づいたセフィリアは、無言で強く唇を引き結んだ。

「誰にやられたんだ？　よく見せろ！」

上からのしかかるようにして床に押さえ込まれ、背中の傷跡を指でなぞられる。

「やめろっ…！　いやだ、触らないで…くれ」

アンドラーシュは、まるでなにかを思いついたようにヒュッと息を飲んだ。

この傷は、過去にセフィリアがある者を庇《かば》ったせいでカッサンドロ国王の不興を買い、鞭《むち》で打たれたものだった。

ガダル大陸の覇王と呼ばれる豪傑が、なにかに心を痛めているのが肌越しに伝わる。

「傷のことなど、わたしにはどうでもいい。過去のことはもう忘れた」

セフィリアが記憶の中から消そうとしても、決して消せなかった大事な思い出。

今となっては、ただむなしいだけだったが。

「そうはいかない。傷のことを話せと言っている！」

哀《かな》しいという強い感情が波動となって、それが偶発的にオメガのフェロモンに強く作用してしまったようだ。

「……おまえ、なんだ？　おいっ…あぁ！　くそっ！」

セフィリアの香りが突然強くなったことで、アンドラーシュは目眩を覚えたように頭を振った。

「わたしが自分の判断でしたことだ。あなたには一切関係ない！」

その言葉に、なぜかアンドラーシュはひどく傷つけられたような表情になる。

「関係ない…だと？　セフィリア、おまえは！」

感情が高ぶったアンドラーシュは、床にうつぶせに押さえつけたセフィリアの背中に覆いかぶさる。

身体を重ね、鼓動を重ねることで、得体の知れない感情が、互いの思考を塗りつぶしていく。

「セフィリアっ！　セフィリア…」

切迫した声を聞くとどうしたって身体が熱く反応してしまい、肌に火がともる。

それは……。

突然、始まってしまった。

ドクン……！

身体の中で一つ大きな音が鳴って、沸騰し始めた血液を心臓が大量に全身に送り出す。

「え…？　これは、まさかっ…っ！」

セフィリアは目を見張って息を飲んだ。

（嘘だ……なぜ、今？　……どうして？　ダメだ。今は絶対にダメだっ！）

発情の周期には規則性があったから、急に始まるはずはないと高をくくっていたが…。

「セフィリア、ようやくだな」

見あげると、アンドラーシュはなぜか唇に不適な笑みを浮かべているように見えた。

「っ……！」

まさか彼は、自分が発情することを知っていたのか？

いや、そんなはずはない。

大きな呼吸を繰り返しているが、背中に覆いかぶさるアンドラーシュの肌も徐々に熱を帯びていくのを感じる。

彼は懸命に己を落ち着かせようとしているが、それでも制御できないようにも見えた。

自分がオメガであるが故に、こんなふうに興奮を露わにするアルファがなにを欲しているのかがすぐにわかる。

た。

「よせっ！　アンドラーシュ、わたしを離せっ！　今すぐだ！　早く！」

今、自分は罪人であり人質で、そして奴隷みたいなものだとアンドラーシュに告げられた。

だからこのまま、皇帝が己のフェロモンに負け、衝動だけで自分を番にするような過ちを犯してはならない。

そう思う気持ちもあったが、これが【運命の番】の間に起こる反応なのだとしたら、欲望を抑えるのはすでに不可能だろう。

「……セフィリア、もう無理だ」

あぁ、やはりアンドラーシュはわたしの番なのか？

でなければこれほど突然で、しかも急激な発情は説明がつかない。

セフィリアはキュッと唇を噛みしめる。

宴席で、奴隷のように無理やり抱かれるのが見せしめなら耐えてみせるつもりだったが、こんなことが起こるなんて。

あまりに突然の反応で、なんの準備もできていない。

それに、この宴の客人は多くがアルファで、そちらへの影響もあるだろう。

セフィリアがあわてて宴席を見渡すと、フェロモンに当てられた者たちが眉間に深い溝を刻み、自制しようと努めているのがわかった。

「アンドラーシュ…だめだ。頼むから…わたしから離れてくれっ。早く！」

この急な事態に、セフィリアはただ戸惑うばかりだ。

「俺のせいだというのか？　違うだろう。おまえが俺に発情しているんだ。あまりに匂いが強すぎて、もう抗えない！」

どう言い訳しようと、身体から放たれるフェロモンは尋常ではないと自身でもわかった。

「はぁ、はぁ…っ、ッ…ぅ」

「陛下！　このままではっ」

エルネーが不測の事態と近づいてくるが、アンドラーシュはそれを片手で制する。

「構うな！　俺としたことが、ここまでの変化は想定外だったがな。いいから下がっていろ」

アンドラーシュは何度も呼吸して自分を落ち着かせようとしているが、その息がうなじにかかると、セフィリアの肌はいっそうざわめいてフェロモンが濃くなった。

「くそっ…！　セフィリア、俺はもう…無理だ！」

どうにも興奮が収まらないらしいアンドラーシュはいまいましく舌打ちをして、ついと顔をあげ、突如恐ろしい声をあげた。

——うぉぉぉぉっ！

宴席の天井や壁に獣のような咆哮《ほうこう》が反響し、その異常な光景に誰もが皇帝に目を向ける。

まさにそのとき、信じられないことが起こった。

アンドラーシュの瞳が、突如、眩《まぶ》しいほどに光り輝き始めたのだ。

それはまばゆいばかりの黄金色に変化し、宴席に集まった客人たちすべてが気づいてしまった。

「あぁ、なんということだ。陛下のあの目を見てみろ!」

「アンドラーシュ皇帝の目が金色に変わられた」

そんな驚愕の囁《ささや》きが、あちらこちらから聞こえてくる。

アルファの瞳が金色に変わる…それには、重大な意味があるからだ。

ガダル大陸での伝承によると…。

成熟した大人のアルファが【運命の番】に出会った時、その瞳がまばゆいばかりの金色に変化するのだという。

それは、いにしえからの不確かな伝承とされていたが、そうなった理由がある。

まず、生涯の中で運命の番に出会うことなど滅多にない。

さらには、情を交わすときは二人だけで、たいがいの場合はうなじを噛むため、うしろからの性交となる。

そのため、アルファの瞳が金色に変化した様子を実際に見た者はほとんどいなかったからだ。

だが今回は、ここに集うすべての者が目撃者だった。

そして、運命の番に出会ってしまえば、己ではあらがえない欲望に理性はすべて押し流されてしまう。

もちろん客人たちの囁きは、アンドラーシュにも聞こえていたようで、腹をくったように声を絞り出した。

「セフィリア…俺は、おまえを今すぐ俺のものにする」

尋常ではない重さが背中にのしかかってくる。

「やめろ！　アンドラーシュ！　正気に戻ってくれ。わたしは奴隷だと、先ほどそなたが申したのではないか」

「乱暴にされたくないなら、黙っておとなしくしていろ」

「いやだ。やめてくれ！」

うつぶせに押さえつけられ、必死で暴れるセフィリアがようやく振り返ったとき、アンドラーシュの金色の瞳と視線がぶつかってしまう。

「あぁ。なんと！　そんな…！　アンドラーシュの瞳が、金色に変わっている？　まさか。でも…いったいなぜ？」

あのとき……こんな変化は見られなかったはずだ。

セフィリアは遠い過去を振り返る。

「本当か？　セフィリア。俺の瞳が金色に変わっているのだな？　ならば正真正銘、俺たちは運命の番ということだ。これで納得したぞ」

常軌を逸したように、アンドラーシュが高らかに笑い声をあげる。

「こんなこと、伝承ではなかったのか？　まさか本当だとは…」

初めて彼に抱かれたときには、起こらなかった変化。

だからセフィリアは、彼が運命の番だと直感では感じても、今まで半信半疑だったが…。

考えられるとしたら、あの時は彼がまだアルファとして成熟していなかったため、今のような変化が現れなかったのではないか？

セフィリアが逡巡《しゅんじゅん》している間に、尋常ではない力で肩を押さえつけられる。

「あぁ…待って！　待ってくれ！　わたしの…運命が、奪われてしまう！　誰か…助けてくれっ！」

床に這いつくばって会場を見渡して助けを乞うたが、呆然《ぼうぜん》とした表情の客人たちは自分を凝視しているだけだった。

皇帝に逆らってまで助けてくれる者など、誰一人いない。

セフィリアが懸命に抗っても、猛々《たけだけ》しい美丈夫に渾身《こんしん》の力で押さえ込まれては、どうしようもなかった。

うなじを守るためにつけている、真珠の幅の広いチョーカーに手がかかる。

母がくれたこのチョーカーは、望まぬ相手と番わされないようにと、細い鋼に真珠を通した強固なものだったが。

それが、まるで細い糸のように呆気《あっけ》なく引きちぎられた。

「いやっ。嘘だっ、やめてくれ！　アンドラーシュ！」

抵抗もむなしく、高価な真珠はバラバラと渇いた音を立てて床に散らばっていく。

「セフィリア…おまえは、あの時からずっと俺のものだ！　誰にも渡さない！」

恫喝が首筋に触れた直後、まるでうなじに焼きごてを当てられたような、苛烈な熱を感じた。

「あ！　あぁぁぁ！」

やわらかな肌に尖った歯が、じわりと食い込んでくる。甘やかな痛み。

その瞬間、五臓六腑の奥底から大挙して湧き出る、破壊的で濃厚なエナジーを感じた。

だが一方、そんな肉体の反応は、不安定な揺らぎを見せる水面のように心をざわつかせる。

「ああ、わたしは…」

強烈な目眩に襲われながら、セフィリアは今この瞬間、強大な力によって、自身が変えられてしまったことを感じ取った。

ついに自分は、ドモンコス帝国のアンドラーシュ皇帝と番わされてしまった。

なにもかも、これまでとは変わってしまう。

この男によって、変えられてしまう。

息が浅くて苦しくて、それでも甘く肉体が疼き出して気が狂いそうだった。

ああ、わたしは…誰だ？

わたしはわたしを、手放したくはない…のに！

だめだ。

もう…なにも考えられない。

「あぁ…はぁ、はぁ…はぁ…っ。だめだ。身体が熱い…熱くて、おかしくなる」

感覚が冴《さ》え渡って、熱を帯びた肌が敏感になっていく。

アンドラーシュに腕を摑まれているだけで感じてしまうほどだ。

「どうしたんだ…？　わたしの身体は、いったい…どうなってしまうんだ」

ドクンドクンと心臓が脈打ち、腰の奥深いところがさらに熱く濡れ始める。

それは今まで経験したことがないような、強烈な発情だった。

後孔からは、粘度の高い体液がドロリと一気に垂れてくるのがわかった。

際限なく濡れてあふれて、自分の身体が卑猥《ひわい》な肉の塊になったことをセフィリアは知る。

「あぁぁ…だめ、だめだ…っ。あふれて…くる。わたしの中から…熱が、あふれて…」

アンドラーシュはセフィリアのシルクの下衣を豪快にまくり上げ、丸い双丘を剝《む》き出しにした。

すでに自分の中の反抗心は消え失《う》せ、今はこの男に抱かれたいという明確な欲望しか存在していないことに驚愕する。

「抱いて…抱いて…。わたしを抱いてくれ、アンドラーシュ！」

もう自分が、なにを口走っているのかもわからない。

壮絶な欲望には逆らえなかった。

「アンドラーシュ！　頼むから、早く…抱いてくれ。もう待てないっ」

後孔からドロドロと体液があふれる様子を目にしたアンドラーシュは一気に奮い立ち、己の下衣の前をくつろげると細い腰を摑み寄せる。

びしょびしょに濡れてほぐれ始めた孔《あな》に、巨大な男根が何度か撫でつけられたあと、あふれる窪《くぼ》みの中心を硬い先端でグッと押された。

「あっ！　あぁうっ…」

一瞬だけ身体がすくんだが、孔の縁はぱっくりと口を開き、従順に男を受け入れていく。

信じられなかったが、恐れていたような痛みも苦しみもない。

ただただ、ぞわりと肌が粟立つような得も言われぬ快感が全身に広がっていくだけだ。

大きな竿《さお》で埋め尽くされた内部の肉襞《にくひだ》は、まるで待ちわびていたようにきゅっと収縮し、巨大なペニスの形を確かめるみたいに蠢《うごめ》いて包み込んでいく。

「ぁ…ぁぁぁ…だめ。だめだ…ぁ、ぁぁ、気持ちいいっ」

従順に、素直に中が蠕動《ぜんどう》し、アンドラーシュはそんなセフィリアの反応を見て、ほくそ笑んだ。

先ほどまではひどく抗って拒絶しか示さなかったのに、今はその全身が歓喜に震えているからだ。

「愛《う》い奴だ」

血管をまとった巨大なアルファの肉根に、まるで突き壊す勢いで細腰を突きまくられ、セフィリアは荒々しく揺さぶられながら甘やかに喘《あえ》ぐ。

あぁどうしよう。死ぬほど気持ちいい。

気持ちよくて気持ちよくて……もうなにも考えられない。

それだけだ。

「ぁ…ぁう。は、んんっ…ぅ」

何度も背中が反り返り、波のように襲いくる快感を逃そうとして、白い爪が玉座の下に敷かれた絨毯を引《ひ》っ掻《か》く。

その様子をひとつも見逃さないと言わんばかりに、濡れて輝く金色の瞳が、セフィリアの白い裸体を凝視していた。

「あっ…あ、ぁぁ。アンドラーシュ、アンドラーシュ…」

屈強で逞《たくま》しい美丈夫の暴君に抱かれているセフィリアは、華奢で色白で、まるで乱暴に散らされる花のようだ。

ひらひらと揺れて落ちる花びらがはかなくて哀れで、でもそれ以上に麗しく卑猥で、宴席の誰もが息を飲む。

「セフィリア！」

「ぁ、あん…ぅ、ぁぁぁっ」

やわらかく蜜にまみれた肉襞を雄々しい亀頭のエラでゴリゴリ刮《そ》がれるたび、尾てい骨が砕けるほど壮絶な快感が湧き起こった。

アンドラーシュは激しく突きあげながら、身をかがめてセフィリアの背中の傷に口づけ、そして今し方、噛み跡を残したばかりのうなじまで、舌先で舐めあげていく。

「ぁん…ぁ、ぁぁっ…そこは、だめぇ」

傷跡に舌を這わされたとき、セフィリアは悲鳴のような喘ぎをあげ、全身をビクッとしならせた。

「ひ、ぁぁあ！　ぁ、ぁぁ……ぁ」

ぎゅっと中が締まって、潤みきった肉襞にきつく包まれる快感に、アンドラーシュは一気に持っていかれる。

「っ、くっ…出すぞ。セフィリア！」

ドクンと雄が弾《はじ》け、その瞬間、大量の白濁が鈴口から噴出し狭い孔の中を満たす。

その量は想像を絶するほどで、セフィリアの下腹がふくらんでしまうほどだ。

だが、まだまだアンドラーシュの射精は終わらなくて、セフィリアは目眩を覚える。

それほどアルファの射精は長く、そして吐き出される精子の量も尋常ではない。

それは優秀な遺伝子を残すためなのかもしれない。

「ぁぁ…熱い、中が…熱くて。たまらないっ…！」

アンドラーシュの子種を大量に注ぎ込まれたセフィリアは、壮絶な歓喜にブルブルと身を震わせる。

自身が射精したわけでもないのに気が遠くなるほどの快感を得てしまい、そのとたんに目の前が暗くなって、少しずつ意識が遠ざかっていく。

「ぁ…ぁ……っ」

セフィリアは歓喜の涙を流しながらも、ゆっくりと絨毯の上に伏して目を閉じた。

そしてアンドラーシュにとっても、番となったオメガとの性交は想像を遙《はる》かに上まわるほど官能的で刺激的で…まさに至福の時間だった。

「あぁセフィリア、おまえは俺のものだ。もう俺だけの番だ！　それを忘れるな！」

荒い呼吸を繰り返しながら、己が無理やり番にしたオメガを見おろすアンドラーシュは、まるで金色の目をした獣のようだった。

その一部始終を傍観していたのは、宴席に招かれていた多くの客人たち。

彼らの目に今の皇帝の姿は、突然発情したオメガのフェロモンに抗えなかったアルファとしか映らなかった。

奇しくも二人が「番」となった瞬間を、この場にいたすべての者が見届けさせられた。

「陛下…」

行為が終わってもしばらく呆然としていたエルネーだったが、ようやく青い顔をして呼びかけると、アンドラーシュは苦し紛れの言い訳を落とす。

「仕方なかった。この俺が、罪人であるオメガのフェロモンに、理性を失ってしまったようだ」

「恐れ入りますが、先ほど…陛下の瞳が金色に変わっていらっしゃいました。ならばこれは避けようもない事態だったのではないかと…」

エルネーの見解が広間に響き渡ると、王族たちから密やかに同情の声が囁かれ、それが徐々に広がっていった。

「あぁそうだな。セフィリアは間違いなく、俺の運命の番だったようだ」

アンドラーシュの言葉を誰もが固唾をのんで聞いている。

「あの…では、セフィリア王太子を、今後はどうされるのですか?」

「そうだな。運命に逆らうことはできまい。エルネー、明日までにセフィリアの処遇を含め、しかるべき対処を決める」

「はっ! 御意にございます」

皇帝の運命の番が罪人で奴隷。

突発的な事故によって起こった過ちとして、このことは客人たちに受け取られたようだ。

「今からセフィリアを寝所に連れていく」

アンドラーシュは上着を脱ぐと、裸同然のセフィリアにかけて腕に抱きあげる。

「皆の者、このあと宴席の場所を他に用意させる故、そこで楽しんでいってくれ。エルネー、各国の客人を第二広間に案内し、食事とワインをもっと振る舞ってくれ」

そう命じると、アンドラーシュは気を失ったセフィリアを抱いて、己の寝所へと向かった。

翌日の夕刻、アンドラーシュ皇帝は国民に向けて、ある通達をした。

皇帝暗殺計画の首謀者であるバレリア王国のセフィリア王太子を、皇帝の『妾《めかけ》』にすると。

二人が運命の番であるならば、あの場で番ってしまったのは、どうにも避けられない事故だったのだろう。

この件に関しては多くの国王など客人の目撃が多数あったこともあり、従属国も含めた国民も納得せざるを得なかった。

もちろん、アンドラーシュに同情する声は多かったが、それも様々で。

『陛下は不幸でいらっしゃる…』

『妾とはいえセフィリアさまは奇跡のオメガ。我が国家のお世継ぎは、最高のアルファに違いない』

『いくら妾だとしても、もっとふさわしい方がいらしたはずなのに。よりによって罪人の王太子とは…』

『あのお優しいセフィリア王太子が罪人だなど、絶対に間違っている』

セフィリアの批判をする者、味方をする者。

従者や国民が口々に噂《うわさ》していた。

そんな中、誰よりも悲嘆に暮れているのは、もちろん当のセフィリア自身だったのは言うまでもない。

一方、王太子が拉致されてから、カッサンドロ国王夫妻はドモンコス帝国に再三勅使を送り、せめてセフィリアの命だけは助けて欲しいと嘆願していたが、その願いは予想外の展開によって叶《かな》えられたことになった。

突然の発情という不慮の事態によって、セフィリアはアンドラーシュの番にされてしまった。

◆3◆

あれから一週間が経《た》ち、セフィリアは侍女たちから連日のように、肌や髪の手入れを入念にされている。

罪人として、奴隷のように半裸でさらし者にされた宴席での扱いとは逆に、今では妾として贅沢《ぜいたく》な暮らしを与えられていた。王太子である彼が自国で過ごしてきた以上の優遇に、セフィリア自身も少し戸惑うほどだ。

ただ、個人の居室は与えられず、皇帝の居住区になっている南側の城塞の中でだけ、自由に過ごすことが許されている。

もちろんアンドラーシュがつけた監視には、一日中、そばで見張られてはいるが。

長い歴史を振り返ってみても、妾が皇帝の居城に同居することなどあり得ない。

前例として妾は皆、離宮に住むことを強いられたり、街に別宅を与えられることが通例で、皇帝が欲しい時に呼びつけるというものだ。

そしてセフィリア自身も、驚くことがある。

実はあの宴席の夜以降、アンドラーシュに一度も抱かれていないということ。

夜はいつも、皇帝居住区にある来賓用の寝所で眠っている。

アンドラーシュ自身は番にしたとたん、王宮全体が戸惑うほどセフィリアを過度に優遇していた。

だが、いくら番になったからといって、冤罪で罪人にされた怒りは消えるわけもなく、セフィリアは複雑な心境で毎日を過ごしている。

だが番とは、どれだけ反目し合っていても、本人の意思とは関係ないところで互いに惹《ひ》かれ合うもの。

その感情は、誰にも止められない。

不可抗力というわけだ。

そのせいか、わかってはいても不意にアンドラーシュに優しくされると、嬉《うれ》しいという単純な感情が湧いてしまい、そんな自分が理解できない時もあった。

そんな葛藤の毎日を過ごしながら、数日が過ぎた頃のこと。

その夜、セフィリアはアンドラーシュの居室に呼び出された。

「セフィリアよく聞け、俺はおまえと番になったことを、ガダル大陸の守護神であるゼノン神に報告することにした。三日後、地階にある教会で、二人だけで婚姻の契《ちぎ》りを交わす」

当然そんなことを言い渡されても、セフィリア自身は到底受け入れられない。

「わたしは罪人で妾なんだから、あなたが好きに扱えばいいだろう。正妃でもないのに、婚姻の儀式など必要ないはずだ」

結局は奴隷のような位置づけなのだから、好きな時に抱けばいい。

妾とはまさに、皇帝の欲を満たすためだけに生かされているのだから。

そういえばアンドラーシュには、諸国の王に惨めな姿をさらし見せしめとするとも言われた。

セフィリアは胸にくすぶる怒りを表面的には抑えているが、怒りは決して収まるものではない。

「おまえの意思は関係ない。これは命令だ」

だが、この国で生きていくには、皇帝に逆らうわけにはいかない。

セフィリアは腹に据えかねる怒りを抱えたまま、それでも生きることを考えていた。

生きてさえいれば、なにか道が開けるかもしれないからだ。

セフィリアには、そんな芯の強さという精神的な強みがあった。

「ではアンドラーシュ、もう一度わたしへの嫌疑を調べ直してくれ。でなければ契りを交わすなど受け入れたくない」

そこだけは譲れないと訴えるセフィリアに業を煮やしたのか、アンドラーシュは渋い顔で交換条件を受け入れた。

「わかった。それほど言うのなら、今一度調査をさせる。長く時間はかかるだろうが、それでいいか？」

本当に再調査してくれるのか確証はないが、今の状態よりは少しでも希望が持てるだけましだろう。

それに、この男は剛胆だが、約束を違《たが》えるようには思えなかった。

「わかった。半年でも一年でも待つ。調べ直してくれるのなら、受け入れる」

セフィリアはわずかな希望にすがることにして、婚姻の契りを交わすことを承諾した。


そして今日、セフィリアは王宮内の地階にある、ゼノン神を奉る教会へと誘《いざな》われている。

アンドラーシュが、二人だけで婚姻の契りを交わすことを決めたからだ。

今セフィリアが着ている衣装は、華美ではないが手の込んだ裁縫仕事が見事な純白のウエディングドレス。

胸元には、帝国の紋章が刺繍されている。

そしてセフィリアは、婚姻式用の正装を身に纏《まと》ったアンドラーシュに手を添えられ、地階の教会への入り口へと向かっている。

白の絹地に金糸や銀糸で刺繍が施された生地はなめらかで、セフィリアが歩くたびに長い裾が廊下をすべる。

胸のすぐ下に切り替えがあり、そこからスカートになるという古風な仕上げで、王家に伝承されている正式な花嫁衣装だ。

髪にはダイヤがちりばめられたティアラが輝いていたが、これだけは、正妃が戴く正式な王冠ではなかった。

そしてアンドラーシュは長いコートの前身頃を斜めに裁った、高級な絹ビロードの濃紺のジャケットを着ている。

縁には銀糸で多彩な模様が丁寧に刺繍されていて、袖には金糸が施され、釦にはサファイアがあしらわれていた。

妾との婚姻の儀式で皇帝が正装をすると決めた時、当然、従者たちはそろって異論を唱えたが、アンドラーシュが押し切った。

彼にとってはそれほど、二人がそろって婚姻の儀式をすることに意味があるようだ。

だがセフィリアの立場が妾である以上、国を挙げて祝う婚姻の式典などはあり得なかった。

「アンドラーシュ、何度も言うが、考え直さなくていいのか？　不慮の事故で番ってしまったとはいえ、わたしはただの妾でしかない。婚姻の儀式など必要ないはずだ」

だがこの件に関してアンドラーシュの意志は固く、セフィリアの進言は毎回却下される。

「今さら言うな。おまえは一度了解したのだからな。それに、再調査はさせる」

セフィリアは渋い顔でうなずいた。

「さぁ、ここが地下教会へと続く扉だ」

アンドラーシュに手を添えられながら、セフィリアはゆっくりと階段を下りていく。

一歩下りるたび、徐々にひんやりとした神聖な空気に包まれていくような気がした。

階段を下りて廊下を進むと、背丈の二倍ほどはある大きな観音扉があった。

「セフィリア、この先は我が祖先が王宮内に作らせた地階の教会だ。扉の先は、神の領域となる」

それを聞いて、セフィリアは身構えてしまう。

「さぁ、参ろうか」

アンドラーシュが扉を押し開くと、不思議なことに二人は鮮やかな採光に包まれた。

地階であるにもかかわらず、太陽光が上手く差し込むような構造になっているようで、天井のステンドグラスを抜けた光が大理石の床に美しい模様を描いている。

祭壇はめずらしい翡翠のタイルが規則的な模様を描くように張られていて、その技術の高さにセフィリアは目を見張る。

「アンドラーシュ、なぜこんな地階に教会を？」

「いい質問だな。確かに王都ナールーンには多くの教会が建立されているが、戦火が続いたこの国では、教会に出向くことができない危険な時代もあった。そんな時でも常に祈りを捧《ささ》げられるようにと、我が祖先は王宮の地階にゼノン神を奉る教会を造らせたんだ」

「そういうわけだったのか。戦火の中でも信仰を忘れないとは、立派な志だ」

なにかがキラリと反射したことで目を向けると、わずかな陽光の中でも神々しく輝く十字架が設置されている。

「美しい十字架だな。これは…稀少なドモンコス産のアメジストか？」

「あぁ、偶然にもここを掘り進めた時、巨大なアメジストの原石が発見され、それで造られたと伝え聞いている」

「そうか。わたしは過去に、これほど美しい十字架を見たことがない」

「俺もだ。嬉しいことに、この教会が造られて以来、ここで祈りを捧げると、必ずその願いが成就された。だから俺にとってここは神聖で護るべき大切な場所なんだ」

アンドラーシュの話を聞いて、こんな神聖な場所で番となることを神に誓約できるのは光栄なことなのだとわかった。

「おまえの純白のドレスは、美しい金髪に本当に映える。おまえは誰よりも美しい」

歯の浮くような台詞《せりふ》をこんな美丈夫に真顔で言われると、どうしてもこそばゆい。

「アンドラーシュ…本当にこれでいいのか？」

セフィリアが美しい眉根を寄せて、もう何度目になるかわからない確認をする。

「当然だ。おまえが俺の番になったことを、俺の信仰するゼノン神に報告することは大切な儀式だ」

「だが…」

複雑な状況下ではあるが、アンドラーシュが自分との関係を明確にしようとしていることは確かなようだ。

「セフィリア、本来ならば国を挙げて盛大に婚姻の祝賀を催すのが筋だが、今はまだ……」

セフィリアには、彼が先の言葉を濁したように聞こえる。

「アンドラーシュ？」

「悪いが、これで我慢してくれ」

彼が妾との婚姻を国事として祝うつもりがあるのだと知って、驚きを隠しきれなかった。

自分との婚姻をこれほど望んでくれるのなら、しばらくはこの関係に身を置いてみようか？

そんなふうに、セフィリアは考えを改める。

先のことはわからないが、頑《かたく》なに留《とど》まっていてもなにも変わらないなら、その中でも少しでも歩みを前へ進めてみよう。

奇しくもこの大陸では、アルファからの申し出があれば、一度番ったオメガとの関係を解消することができる。

自分が妾という立場から、解放される日も来るかもしれない。

だからセフィリアは少しだけ、気を楽に持つことに決めた。

だが正直なところ…。

セフィリア自身は長い間、実はアンドラーシュと番になることを望んでいた。

過去に二人が密やかに過ごした、わずか数日の大切な時間。

これまで、一度も口にしたことはなかったが。

こんなふうに、罪人として無理やり連れ去られるまでは、多少なりとも甘い夢を描いていたのに。

「さぁセフィリア」

二人が祭壇へと向かう先に、初老の神父が待っていた。

「お待ちしておりました陛下。ただ今より、我がゼノン神の御前で、婚姻の儀式を行います」

その後、神父は長い祝詞を唱えたあと、祭壇の周囲に配された無数の蠟燭《ろうそく》に火をともしていく。

炎の揺らぎは神聖で揺るぎなく、セフィリアは不思議な陶酔に攫《さら》われる。

「では、誓いの言葉を」

神父の言葉を受けて、アンドラーシュが凜と声を響かせた。

「わたし、ドモンコス帝国皇帝アンドラーシュは、セフィリアを妻とし、生涯添い遂げることを誓う」

セフィリアは我が耳を疑った。

生涯添い遂げる…？

平気でそんな誓いを立てるアンドラーシュに意表を突かれた気分だが、それでも今はすべてを受け入れるしかない。

「わたし、バレリア王国王太子セフィリアはアンドラーシュを夫とし、生涯添い遂げることを誓う」

これが正しい選択なのか、今はまだわからない。

でも、いったん転がりだしてしまった運命に逆らうことはできないと、セフィリアも知っていた。

「では皇帝陛下、チョーカーを」

番の印である黒真珠のチョーカーを、アンドラーシュが神父から受け取る。

それを見て、セフィリアは深く息を吸い込んだ。

自分が固有のアルファのものになる。

このチョーカーは、その証《あかし》だった。

「さぁ、セフィリア」

アンドラーシュがうやうやしく首にチョーカーを飾ってくれた時、セフィリアは改めて自分がこの男の番になったことを実感した。

「最後に、誓いの口づけを」

皇帝陛下からの誓約の口づけは、ひどく優しかった。

「あぁ、セフィリア。これでおまえは、未来永劫《えいごう》俺のものとなった」

だがセフィリアには、まるで生涯消えない烙印《らくいん》を捺されたようにも感じられた。


二人きりの婚姻の儀式は終わり、神父が教会を出ていったあと、アンドラーシュは祭壇の前にある長椅子にセフィリアを座らせた。

「セフィリア…聞いて欲しいことがある」

「どうしたんだ。改まって」

彼がなにか深刻な話をしたがっていると直感でわかってしまい、セフィリアは身構える。

「俺は……七年前、おまえに助けてもらった」

唐突な告白を耳にして、セフィリアは息を飲んだ。

当然、覚えがあるからだ。

「アンドラーシュ、あれを覚えていたのか!?」

「あぁ」

ドモンコス帝国に拉致されてから、彼は二人の過去について一切口にすることはなく、怪我の後遺症のせいですべて忘却の彼方《かなた》にあるのかと思っていた。

もしくは、覚えていても記憶のないフリを演じているのなら、それは彼にとってあの出来事が思い出したくない過去だということになる。

だからセフィリアも、自らそこに触れようとはしなかったが。

「七年前のあの時、あなたは頭部にひどい傷を受けて記憶を失《な》くしていた。だからわたしのことなど忘れていると思っていたが…」

無骨な手が優しく頬に触れてくる。

「忘れるわけがないだろう？　おまえは、俺の命の恩人なんだから…」

甘い声色に、身体の芯が震えた。

――七年前　バレリア王国――


アンドラーシュ十六歳。セフィリア十九歳。

バレリア王国、早春のこと。


ドモンコス帝国とバレリア王国の国境があるゴビ山の麓。

バレリア王家が所有する土地にあるエレニア離宮は、王家の者が馬術を磨くために建てられ、厩舎《きゆうしや》が併設されている。

王都からは近距離にあるため、乗馬を好むセフィリアは時々ここを訪ねて鍛錬している。

それに来年は二十歳の成人の儀を控えていて、そこでは馬術の腕前を披露することが慣例化しているため、今朝《けさ》もエレニア離宮を訪れていた。

父からセフィリアに与えられた美しい愛馬と共に、今日はゴビ山の山道を駆ける稽古をしている。

平地と違い山道は起伏が多く、崖や岩場など、人が歩くのですら困難な状態だったが、セフィリアの手綱さばきは秀逸だった。

現在、国境を隔てたドモンコス帝国では国内で内紛が頻発して政情が安定せず、国民の不満は高まる一方。

そんな中、ミザロ皇帝から政権を引き継いだゴラ皇帝だったが、政策に失敗し、国民からは退陣を求める声が高まっていた。

政情不安な今の状況だからこそ、セフィリアは剣術や馬術の鍛錬をして、起こるかもしれない有事に備えている。

ゴビ山には両国の国境がある。

その付近、バレリア王国の敷地内にある湖で馬に水を飲ませている時、セフィリアは偶然にも、水際で横たわっている動物を見つけた。

急いで近づくと、それは革の鞍《くら》をつけた馬で、すでに絶命している。

腹や背には複数の矢が刺さっていて、おそらく失血死だと思われた。

「かわいそうに…誰がこんなひどいことを」

鞍から降りると、死んだ馬の胴の下でなにかが動く。

「え！」

驚いてのぞき込むと、肩当てなどで武装した男が馬の下敷きになっているのがわかった。

腰には長剣が差してあり、どうやら騎士のようだ。

人が近づく気配を察したのか、地面に伏せた指先がピクリと揺れる。

よかった。まだ生きてる！

「しっかりしろ！　今、助けるから」

セフィリアは騎士の両脇に手を入れると、渾身の力で馬の下から引きずり出して兜《かぶと》を脱がせる。

青年は頭部に怪我を負っていた。

「……まだ若い。これなら助かるかもしれない」

相手の唇に頬を近づけて確認すると、呼吸があることにひとまずは安堵した。

青年は汚れて青白く生気のない顔色をしているが、整った美しい顔立ちをしている。

外見はまだ少年の域を脱していないようで、おそらく十九歳のセフィリアより二、三歳は若いだろう。

「しかしなぜだ？　わたしは彼を、過去にどこかで見た気がする…」

彼が身につけている甲冑や衣装から騎士であることは推察できるが、自国の騎馬隊のそれでないことはひと目でわかる。

ドモンコス帝国の近衛兵《このえへい》のそれに似ている気もしたが、騎士の装束などそう変わらないし、紋章などの類《たぐ》いもなかった。

「しっかりしろ。わたしの声が聞こえるか？」

何度も呼びかけていると、うめくような苦しげな声が薄い唇から漏れる。

「ううっ…」

青年が甲冑の下に着ている防護服は、生地に細かい鎖が施され、剣を通しにくい工夫がされていた。

しかしよく見ると、どうやら脇腹あたりから出血しているようで、セフィリアは急いで血に染まった防護服の裾をめくる。

幸いなことに、脇腹の傷自体は浅かった。

「だが、これは間違いなく刀傷だな」

瀕死《ひんし》に見えた青年の呼吸は浅かったが、首筋に指で触れてみると脈はしっかりしていた。

「助けて…くれ。俺はまだ、こんなところで……死…わけに…いか…な…」

白い唇がかすかに言葉を紡ぐ。

「安心しろ。すぐにわたしの馬で離宮まで運んでやるから。さぁ」

抱き起こして気づいたが、青年はとても背が高くて体格がよく、セフィリアは彼を馬に乗せるのにひどく苦労した。

エレニア離宮に戻ると、セフィリアは従者たちの助けを借り、客室の寝台に騎士らしき青年を運んだ。

医術の知識と技術を持つ治療師でもあるセフィリア。

迅速に傷の洗浄と消毒、縫合をしたが、彼は気づく気配がなかった。

推測の域を出ないが、おそらくこの青年は異国の軍に所属する騎士で、矢を浴びた馬から落ちたようだ。

脇腹の刀傷だけでなく、頭部にもひどい怪我を負っている。

セフィリアが責任者を務めている王都の治療院でも、頭部に怪我を負った者が治療後も目覚めないケースや、記憶を失くしていたりする事例も頻繁にある。

そうならないことを祈りながら手当をしていると、部屋の扉が開いた。

セフィリアが運び込んだ騎士のことは、すぐに離宮の侍従頭の耳にも入ったようで、まじまじと青年を見おろして告げた。

「セフィリア王太子、この…異国の騎士のことですが、すぐに国軍に報告をいたしましょう」

離宮の安全管理の責任者として、彼がそう勧めてくるのは当然のことだった。

「いや、待ってくれ。王家の領地に無断で侵入した身元不明者がいることが父上の耳にでも入れば、即刻捕らえられるに違いない」

規律に厳しい国王の軍隊では、怪我を負った異国の騎士など、あっさり投獄してしまう可能性がある。

「ですが王太子、身元のわからない者を無断で離宮に置いて治療するなど、とても危険です。それに、追っ手があるやもしれませんし」

「ならば、厩舎の隣に建つ小屋に連れていく。そこにわたしが通って治療する」

そこは馬の世話をする者が休息を取るための狭小な小屋だった。

侍従頭の進言は当然だったが、セフィリアはなぜ自分が、見ず知らずの行き倒れた騎士を救おうと躍起になっているのかわからなかった。

「王太子…」

医術の心得のあるセフィリアになら、この程度の怪我の治療は可能だ。

「聞いてくれ。このまま戸外に捨て置いたら、この若い騎士は命を落とすかもしれない。身元が不明だと言うが、意識さえ戻れば誰かもわかるだろうし」

「ですが…」

国の規律を曲げてでも彼を助けたくて、セフィリアは食い下がる。

「歩けるようになったら、即刻、ここから出ていかせる」

なぜかわからないが、彼を助けねばという強い使命感が胸に湧き起こっていた。

「ですが、せめて国王には報告をなさった方が…」

カッサンドロ国王は情に厚い人柄だったが、決まりごとを遵守し、曲がったことは絶対に許さない。

「父に報告すれば、この者は処罰される可能性もある。だから、どうか内密にしてくれ…頼む」

セフィリア王太子が慈悲深い人柄だとよく知る侍従頭は、あまりの熱意に最後は渋々折れた。

「わかりました…では、この騎士の怪我が治るまでの間だけです。王太子がご不在の間は、小屋の外には見張りをつけます」

「あぁ、わかった。ありがとう！」


セフィリアの説得もあり、怪我を負った騎士はエレニア離宮の小屋で治療を受けることになった。

その夜、怪我からの感染症で青年は高熱を出した。

離宮に泊まり込んで治療を続けているセフィリアだったが、頭部の怪我による後遺症の心配も依然として残っている。

ようやく二日目の朝になって彼の容態が安定すると、セフィリアは急いで王宮に戻った。

念のため、国軍の中に行方不明の騎士がいないかを調べたが、それもなかった。


三日目の朝になってようやく青年の熱は下がり、昼前に意識を取り戻した。

「ここは…どこだ?」

黒髪で褐色の肌をした男の瞳が開くと、それは美しい翡翠の色をしていた。

あまりに整った端整な顔立ちをしていて、不意にセフィリアの胸の奥がざわついた。

感じたことがないような感覚で、心臓が早鐘のように脈打っている。

「意識が戻ったんだな。よかった。ここはバレリア王国の離宮に併設した小屋だ。あなたが何者だとしても心配しなくていい」

「バレリア…王国? そうか。だが、俺は…どうして、ここに?」

「やはり覚えていないのだな?」

頭部にかなりの損傷を受けているため、青年が記憶を失くしていてもおかしくない。

「あぁ…なにも、覚えていない」

ならば、とにかく現状を話して安心させるしかない。

「そうか。三日前、あなたはゴビ山の国境近くでひどい怪我を負って倒れていた。だからわたしがここに運んだ」

「そうか。それは世話になった。感謝する」

忘却した記憶の糸をたぐり寄せるように彼は何度も瞬《まばた》きをするが、なにも思い出せないようだ。

「すまないが、あなたの衣装から…我が国の者ではないと推察している。できれば、あなたの国と名前を教えて欲しい」

「……そうだな、もちろんだ。俺の名は……あぁ、妙だな。悪いが、少し待ってくれ」

青年は眉間を押さえ、重い息を吐いた。

「なぜだろう？　俺は今…自分の名前を思い出せないんだ。それに、どこから来たのかも」

意識が戻れば彼の身元がわかるかと期待していたが、やはり記憶を失くしているらしい。

「そうか。あなたは頭部にひどい怪我をしていたから、一時的に記憶を失くしているのかもしれない。しばらくして思い出すことも多々あるから、気にせず治療に専念しよう」

「あぁ、本当に感謝する」

それから数日。

怪我は順調に治っていったが、青年の記憶は一向に戻らなかった。

自分の正体がわからないことは本人にとってもひどく苦痛なようで、彼はそのせいで情緒不安定になっている。

わけのわからないことを口走ったり、眠っている時にうなされたりしていた。

それでも幸いなのは、日常的な会話はできるということ。

セフィリアは傷の治療を進めながらも、精神面での回復も熱心に進めている。

戦場から帰還した兵士が、その凄絶な体験から心を病むことが多いと知っているからだ。

記憶を一時的に失っている場合、治療が進む過程の中で突然、すべてを思い出すという症例も多い。

本人の不安は相当なものだが、薬師や治療師は根気強く病人と会話をすることで、精神面での治療もする。

だからセフィリアは小屋に通い、彼と話をすることを続けた。

そんな中、セフィリアは一度、彼に名前を訊かれたことがあったが、とっさに答えられなかった。

名乗れば己の身分が知れてしまうことを恐れたからだ。

だがセフィリアの態度で青年もなにかを察したようで、それ以降は追及されなかった。

だからお互い、名乗らないままで治療が進んでいった。


治療を始めて十日目。

セフィリアは彼を屋外に連れ出すことを決めた。

「今日は天気がいい。怪我の治りも早くて順調だし、少し外に出てみないか？」

そう聞いて、青年の顔に明るい光が差した。

「それはありがたいな！　ここは厩舎の小屋なんだろう？　ならば、馬に乗りたい」

「馬？　あぁ、そうだな。では、おとなしい馬を連れてこさせるよ」

落馬して怪我を負ったのに恐怖心はないのだろうかと少し危惧《きぐ》したが、騎士ならばそれくらいの気概はあって当然なのだろう。

馬の世話係に二頭の馬を準備させると、二人は連れ立って厩舎を出た。

エレニア離宮の周囲に広がる馬術の練習場をゆっくり周回しているだけだが、青年の瞳には生気が戻ったように見える。

「それにしても、今日はずいぶん陽射《ひざ》しが強いな」

「そう感じるか？　あなたは長く屋内にいたから、眩しく感じるのかもしれないな。暑いなら脱ぐといい」

「あぁそうさせてもらおう」

手綱を握る彼が薄手の外套《がいとう》を片手で脱ぐと、セフィリアの瞳は青年の身体に釘《くぎ》づけになる。

たっぷりとした白い紗《しゃ》のシャツが真っ向から風を受け、彼の胸や腹に張りついている。薄い布の上からは盛りあがった胸筋がわかるし、まくった袖からのぞく上腕筋は見事だった。

その一方、乗馬に目を輝かせる表情には、まだほんの少しの幼さが残っている。逞しい肉体と表情の幼さという絶妙なアンバランスさが、彼をより魅惑的に見せている気がした。

「ここの庭師は腕がいいな」

練習場を出て、離宮の中庭を通った時、綺麗に剪定《せんてい》された樹木を見て青年はそんな感想を漏らす。

「そうか？」

「あぁ、最近の風潮では、ここのように幾何学模様を模して樹木を剪定させることが流行のようだぞ」

今の発言を聞き、セフィリアはやはり…と思う。

庭木の剪定の流行など、おそらく上流階級の者にしかわからないからだ。

「詳しいな。さぁ、今度は川岸まで向かおう」

乗馬が彼の表情を明るくしたことに気をよくしたセフィリアは、今度は川岸を進む。

すると、彼はまた馬を止めてぽつりと意見した。

「ここは山地から平地に流れる川の下流で土地も肥えている。あのあたりから山麓までを開拓して果樹園にするといい。それから、ゴビ山の頂《いただき》には見張り塔を建てるべきだな」

それはここ最近、セフィリアがカッサンドロ国王に提言している内容と酷似していた。

「鋭い考察だな。わたしもそう思う」

ここで治療を始めてからの短い間しか彼を知らないが、その中でいろいろと気づいたことがある。

食事の時、テーブルマナーが完璧で、所作も綺麗なこと。

寝台には羽根のピローを二つ用意してくれと言われたこと。

極めつきは、彼のなにげない言葉遣いが、身分の高い者を示していること。

おそらく彼は、ただの一兵卒などではないとセフィリアは確信していた。

「今日は長く陽に当たったし、そろそろ小屋へ戻ろうか。あまり無理をしない方がいい」

「そうだな。わかった」

彼は今も自分の名前すら思い出せないでいたが、セフィリアは焦らず気長に待つことにしていた。

一方、エレニア離宮に仕えている十数人の従者たちは口が固いようで、幸いにしてここで異国の騎士を治療していることは、カッサンドロ国王の耳には入っていないようだ。

だがセフィリアが離宮の厩舎に入り浸っていることで、第二王子のイグナーツからは、三日に一度の夕刻の会議には出るようにと何度か促されていた。

もしかしたら、イグナーツに怪しまれているのかもしれない。

考えすぎかとも思ったが、青年を離宮で密かに治療するのもそろそろ限界だと、セフィリアは感じていた。

とはいえ、もしこのまま彼が記憶を取り戻さなければどうなる？

離宮から放り出す以外に、なにか策はないのだろうか？

セフィリアがそんなことを案じ始めた頃、二十日ほどの治療によって、彼の怪我はほぼ完治した。

その日の午後、セフィリアはいつもより少し早めにエレニア離宮の小屋を訪れた。

二日ほど前から彼が頭部の痛みと目眩を訴えていて、昨日は症状に効く生薬を渡していたからだ。

小屋の前まで来ると、繋ぎ場には鞍が載せられた馬が繋いである。

この馬は離宮にいる間、セフィリアが彼に与えた俊足の牝馬だったが、セフィリアはなぜか妙な胸騒ぎを覚える。

懸念と共に小屋に入ると、見たこともないような精悍《せいかん》な顔をした男が寝台の脇で身なりを整えていた。

振り返った彼と目が合った時、セフィリアはゾクッと肌がそそけ立つほどの衝撃を覚えた。

「…っ！」

すでにオメガとして覚醒していたセフィリアは、これはオメガ特有の性的な肉体のざわつきだとわかった。

なんだ…わたしは、どうしたんだ？

指先がぴりぴりと痺《しび》れ、全身が熱を帯び始める。

距離を詰められると、セフィリアは本能的にあとずさってしまう。

彼は間違いなくアルファだ。

だが、なぜ自分は今までそれに気がつかなかったのだろう?

意識したとたん、身体が細かく震え始める。

それほど強烈なアルファのオーラ。

「当初から予想はついていただろうが、俺はこの国の者ではない。それでも俺を助けてくれたこと、感謝する」

言葉遣いは昨日までの男と同じなのに、口調や声色がまったく別人のそれだった。

力強く凛として、とても威厳のある声音。

「……記憶が、戻ったのか?」

「そのようだ」

「本当か！ あぁ、それはよかった。だが…急にどうして思い出したんだ?」

「理由はわからないが。ただ、昨夜はひどく頭が痛くて…目が覚めたら、なにもかも思い出していた」

頭部に怪我を負い、時間が経ってから記憶が戻る。

治療師であるセフィリアは、これまで何度かそういう症例を見てきた。

「それで…わたしのことは、覚えているんだな?」

こういった場合、過去を思い出す代わりに、記憶を失っていた間の出来事はすべて忘れてしまうケースも多い。

「あぁ。俺を助け、ここで治療してくれた」

「そうか」

だがどうやら彼は、ここで治療された記憶もあるようで、それを聞いてセフィリアはなぜか心底安堵した。

「そこで尋ねたいんだが、あなたはバレリア王国の…セフィリア王太子だな?」

自身の身分を隠すため、セフィリアも記憶を失っている彼に対して一度も名乗らなかったが、唐突に名を呼ばれて驚いた。

公務で近隣諸国に出向くことも多かったから、この大陸の民で、奇跡のオメガと呼ばれる王太子の顔を知らない者は少ない。

「いかにも、わたしはバレリア王国の王太子、セフィリアだ」

そう答える間も、身体の芯は徐々に熱くなっていくばかりだ。

彼が発する眩しいほどのオーラで気が遠くなりそうだったが、それ以上に怖いほど惹きつけられた。

だからセフィリアは、ただ戸惑う。

同時に、彼がセフィリアの発するフェロモンに気づいたようだ。

それは発情と呼ぶにはまだ弱いが、セフィリアは相手への性的な興奮で息が浅くなるのを止められなかった。

通常なら発情期でもないかぎり、オメガがアルファと一緒にいても、相手構わずフェロモンで誘うような事態にはならない。

もちろん発情期には抑制剤を飲んで数日間個室にこもっていれば、発情はかなり抑制できた。

それなのに今は身体が火照るのを止められなくて、これが異例なことだと感じる。

もしかして…彼が、特別だというのか？

まさかこの青年が…わたしの運命の番？

いや。そんな…あり得ない。

いくら否定しようにも、目の前の男に全身で惹かれてしまう自分を抑えようもなかった。

ゴビ山で彼を救出した時も、王宮への報告義務を放棄してまで必死になったのも、彼が運命の番だと本能が感じていたから？

その答えは、どうすればわかるのだろう？

だが彼がアルファだとしたら、発情の兆候が現れ始めたオメガであるセフィリアが、この場に留まり続けるのは危険だ。

すぐに離れた方がいいのでは？

あれこれと思案していたからか、幸いなことに肉体の火照りは少しずつ治まってきた。

先ほどの発情は一時的なものだったと、セフィリアはひとまずは安堵する。

「王太子、長らく世話になったが、俺は今日、ここを出ていくつもりだ」

「そうか」

あぁ…。いよいよ別れの時が来たようだ。

覚悟はしていたものの、セフィリアは内心の動揺を隠してただ静かにうなずく。

「承知した。だがその前に、ひとつだけ教えてくれないか？」

せめて、彼の名前くらいは聞かせて欲しかった。

セフィリアがどうやって訊き出そうかと言葉に迷っていると、

「俺の名は、ドモンコス帝国第三王子、アンドラーシュだ。国では、国軍に属している」

「……え！」

あぁ、まさか…そんな！

耳を疑うような名前が聞こえて、セフィリアは度肝を抜かれた。

彼が高貴な身分の者だとは予想できたが、まさか隣国の王族…それも、大陸を統《す》べるドモンコス帝国の第三王子だったとは。

実際、アンドラーシュのことは帝国軍のパレードの時に見ていたはずだが、兜をかぶっていたから顔をちゃんと見たことがなかった。

それでもどこか既視感があったのは、幼い頃に帝国を訪れた際の記憶が、わずかに残っていたからだろう。

そしてセフィリアの脳裏には、ふとある疑問が浮かんだ。

なぜドモンコス帝国の第三王子が、ゴビ山の国境付近で瀕死の状態で倒れていたのか。

「差し出がましいようだが、あなたの身に、いったいなにがあった?」

それは帝国の王子に対してあまりによけいな干渉だったから、アンドラーシュから答えが返るとはセフィリアも思っていなかったが。

「俺は…父の政権が従属国に膨大な納税を強いたり、通過税を取ったり、なによりも軍国主義に走ることが気に食わなくて、いつも政治に異論を唱えていた。祖父の代は大陸の国家間の結束も強かったが、父が政権を継いで以降、我が帝国は地に落ちた」

帝国の政治が上手くいっていないことは、セフィリアも承知している。

「そうだな。我がバレリア王国の民も、今のドモンコス帝国政権の政策には、多くが不満を抱いているようだ」

セフィリアは現状を、包み隠さず正直に伝えた。

「すまない。同様の声は他の従属国からも噴出していたが……我々の力不足だ」

「アンドラーシュ王子…」

我々とは、なにを指しているのか?

「俺は第三王子という身分にある。だが母が側室だったせいで、正室の第一、第二王子との格差は大きく、政治には参画させてもらえなかった。そして俺は国軍へと追いやられ、体よく王都を追い払われたんだ」

ドモンコス帝国の政権が荒れていることは承知していたが、そのような覇権争いがあったなどとは知らなかった。

「そうだったのか…」

近年、ドモンコス帝国を訪問した際も、国王と第一王子にしか謁見できなかった。

「だが最近になって、国軍の関係者を中心に、現政権を打倒し、俺に新たな政権を任せたいという声が高まっているんだ」

セフィリアは今の言葉で、彼がなぜ国境近くで怪我を負って倒れていたのかを理解する。

「まさか…だからか？　だからあなたが命を狙われたのか？　それも……実の父と兄に？」

にわかには信じられないが、これが真実ならなんとむごい。

「まぁ実際は、父上と兄上が差し向けた刺客に不意を突かれたんだ。そして俺は国境近くのゴビ山まで逃げてきた。まだ死ぬわけにはいかないからな」

そこから先はセフィリアにもわかる。

「事情はわかった。ならばなおさら、あなたが全快されたことが喜ばしい」

あの日、偶然にも彼を見つけることができてよかった。

セフィリアは心底そう思った。

「だから俺は、我がドモンコス帝国の国民のため、自国に戻らなければならない」

彼なら必ずそう言うだろうと予想できる言葉。

「だが、まだ国内の治安は悪いのだろう？　時期を選んだ方がいいのではないのか？」

戻ってもまた、命を狙われるに違いない。

「忠告に感謝するが、俺とて何度も同じ轍《てつ》は踏まない。これまでは父上や兄上には肉親の情もあった。いつか俺の進言に賛同してもらえると信じていたから…。だが、父は容赦なく俺に刺客を差し向けて…だから俺はようやく目が覚めた」

アンドラーシュの眉間が苦悩に歪《ゆが》むのを見て、セフィリアはなにか言葉をかけたくなったが思いつかなかった。

自分が上っ面の綺麗ごとや励ましを言っても無駄だろう。

「アンドラーシュ王子……」

「だから、俺は必ずこの手で今の政権を終わらせる。でなければ、ドモンコス帝国は近い将来、必ず終焉《しゅうえん》を迎えるだろう」

この時セフィリアは、彼がクーデターを計画しているかもしれないと感じた。

だとすれば、彼の眼前には険しい道が続くことになるだろう。

だがアンドラーシュに強い志がある限り、理想の未来を摑むことはそう遠くない気がする。

セフィリアはただひとつ、彼に生きていて欲しいと願った。

「王太子、あなたには本当に感謝している。ここでの日々は俺にとって本当に温かく、癒《い》やされる時間だった」

孤高で気高いアンドラーシュ王子にとって、自分の存在がわずか一時でも、止まり木になれたのなら本望だ。

「あなたがいなければ、今頃俺の命はなかっただろう」

あの日、意識のない異国の騎士の身元を躍起になって調べても、どこからも情報が出なかったが、その理由がようやくわかった。

邪魔な第三王子に刺客を差し向けたゴラ皇帝は、消息不明となったアンドラーシュの件を公にできないのだろう。

もしくは、暗殺に成功したと思っているのかもしれない。

「……アンドラーシュ王子」

今の彼の張りつめた糸のような強いオーラは、そんな境遇を越えてきた故なのだと思うと、やりきれない哀しみに包まれる。

気がつくと、セフィリアは泣いていた。

「セフィリア王太子…？」

彼の鋭い視線が、ふわりとやわらいだ。

「すまない。あなたが、あまりに不遇で」

「……俺のために泣いてくれるのか？　あなたは本当に優しい方だ。ここにいる間もそれを思い知った。セフィリア王太子、俺はこの恩を生涯忘れない」

そう言ったアンドラーシュがおもむろに近づいてくると、いったんは収まっていたセフィリアの胸が再びざわつき、体温も上がり始めたように感じる。

大きな掌が肩を摑んで引き寄せ、逞しく厚い胸にぎゅっと抱きしめられた。

アルファの雄の匂いが鼻腔《びこう》を抜けたとたん、まるで火がついたように肌がそそけ立つ。

先ほどとは、比べものにならないほどの肉体の反応。

「え……！」

なんだ、これは？

やはりこの感覚は、発情に間違いない。

だがセフィリアには先ほどからずっと気になっていることがある。

ゴビ山で助けた時に、なぜ彼がアルファだとすぐ気がつかなかったのか？

もしかしたら、彼自身が記憶を失くし、本人でさえアルファだと覚えていなかったからだろうか？

「セフィリア王太子、なにを考えている？」

次の発情期はまだ先のはずだったが、すでに肌は焼けるように熱くなり、目に見えるほど手足が震えだす。

いくら否定したくてもこれは発情の症状に違いなく、セフィリア自身も認めざるを得なかった。

白磁のような美しい肌を汗が伝い、さらに甘いフェロモンが匂い立つと、布越しに相手の生々しい鼓動が伝わってくる。

「……アンドラーシュ王子！　待ってくれ……だめだ。んっ……」

欲情してしまう身体を止められなくてセフィリアが顔をあげると、そのまま顎を摑んで素早く唇を奪われた。

性急に重なった唇がやわらかい肉を食み、口角を舐め、結び目を舌先でたどる。

まるでここを解けと言わんばかりで、セフィリアは胸の高鳴りに誘われて口を開いた。

すぐさま長い舌に絡みつかれて奥に逃げ込んだら、今度は溜まった唾液をすすられる。

「んっ…ぅ。ふっ」

唇にすべての感覚が集中し、胸の奥が熱くなって吐く息さえ色づく気がした。

口づけはさらに角度を変えて繰り返され、もっと深くまで舌をねじ込まれて舌の付け根の奥を根気よく犯される。

そんな場所が驚くほど感じることを教えられ、セフィリアは動転する。

「ぁ…ぁん…ぅ。ふ…っ」

湿り気をまとったアンドラーシュの息が唇にかかると、腰骨に甘美な痺れが生まれる。

圧倒されるほどの官能に飲み込まれ、セフィリアは顔をねじって逃れると、深く呼吸をして胸に溜まった熱い息を解放した。

「セフィリア王太子、どうか逃げないでくれ」

「だめっ、アンドラーシュ王子……こんなこと、本当に、だめ…だ」

不安そうに揺れる長いまつげが、セフィリアの動揺の深さを示している。

それでも、本心ではこの行為を自分が望んでいるのがわかって絶望的になった。

自分は、彼の与えてくれる口づけに震えるほど悦《よろこ》んでいる。

「あぁ…はぁ、はぁっ…っ」

熱心で執拗《しつよう》なキスから解放された時、セフィリアはその余韻で立っていられなくなる。

すべてが初めての経験だったから。

「あなたは俺を救ってくれた恩人なのに、俺は…あなたを、自分のものにしたい」

「……な、なにを言っている?」

竪琴の弦が切れた時のような耳障りな音が、頭の中で鳴った。

ドクンと心臓が大きな音を立て、熱い血潮を全身へと送り出す。

汗が噴き出すと同時に、室内に漂う甘いフェロモンがいっそう濃くなって、アンドラーシュが苦しげに眉を寄せた。

「この部屋に入った時に、俺がアルファだと気づいたはずだ。俺は今、あなたを抱きたくて気が狂いそうだ。セフィリア王太子、今、俺の身体が信じがたいほど強い欲望を感じている。こんな感覚は初めてなんだ。俺自身でも抑えが利かない」

運命の番が出会うと、肉体的な欲望を制御できないという。

そしてオメガは、発情期ではなくても発情の徴候が現れてしまうと聞いていた。

……やはり彼は、わたしの運命の番なのか⁉

先ほど感じた直感が真実かもしれないと、己の身体が訴えてくる。

もしも彼が運命の番なら、唐突に発情してしまったこともうなずけるし、最初から彼に惹かれていたことも理解できる。

そして今、彼自身も同じことを感じているのだとしたら？

だが、そんな予感はあっても、セフィリアはにわかには信じられなかった。

運命の番は出会った瞬間にわかると聞いていたが、彼を助けた時には気づかなかった。

そもそも、アルファであることさえ気づかなかったくらいだ。

だがしかし…それはアンドラーシュがまだ、年端もいかない年齢だからだろうか？

一般的に、アルファが性的に完全覚醒するのは、もう少し先だと言われている。

だからまだセフィリアは、彼が番かどうかの確信を得られないのかもしれない。

「セフィリア王太子…あなたを名前で呼べることが、これほど嬉しいとは」

「あぁ、そうだった。名乗らなくてすまなかった」

名乗れなかった。

「いいや。当然の計らいだ、セフィリア」

見つめ合っているだけで、己のフェロモンが濃くなるのが止められない。

これではまるで誘っていると取られても仕方がなくて、セフィリアは本能的にあとずさる。

「セフィリア王太子、俺がどうかしているのはわかっている。すまない。でも、あなたが欲しい気持ちを止められないんだ」

アルファの性質上、この距離でオメガのフェロモンに当てられたら、自制できないのは当然だろう。

無意識にあとずさってしまうが、アンドラーシュに腕を摑んで引き留められた。

「違う。それはわたしのせいだ…わたしこそ、発情期でもないのにこんなことは初めてで、自分でも恥じている」

あまりにはしたなくて恥ずかしくて瞳を伏せると、今度はまぶたにそっと口づけられた。

「待ってくれ。でもわたしは…わたしはまだ、誰とも性交の経験がないんだ」

オメガ性だとわかってからというもの、セフィリアには厳しい警護がつけられた。

望まぬ相手と番わぬようにという、父であるカッサンドロ国王の当然の措置だった。

「だから…怖いんだ。アンドラーシュ王子」

正直に伝えれば、考え直してもらえると淡い期待を持ってみるが。

「俺は、こんなに心が突き動かされるほど欲しいと思った相手はあなたが初めてだ」

心が震える。嬉しくてたまらない。

「だがセフィリア、これほどあなたの匂いが強いのは、俺だけが欲しがっているわけじゃない証拠だろう？」

確かにこのフェロモンの量では、もう嘘は通用しない。

セフィリアは上下のまぶたを固く押しつけるように視界をふさぎ、本能だけを残して身をゆだねる覚悟を決めた。


少しずつ背後に誘われる。

キスの余韻でふらつく足が寝台に突き当たると、背中から寝台に倒れ込んでしまった。

「あっ、アンドラーシュ王子っ」

初めてだからセフィリアはどうしても怖くて、心を決めたあとも無意識に抵抗してしまう。

「俺のことはアンドラーシュと呼んでくれ。セフィリア」

「あ…ぁぁ。わかった…でもっ」

寝台の上での小競り合いで、何度かもつれるようにして上下が入れ替わったが、アンドラーシュがついに細い腰の上に乗りあげた。

余裕のない手つきでシルクシャツの胸元の結び目を解かれ、左右に広げられる。

つややかな胸元が露わになると、冷気を感じてセフィリアはぶるっと身を震わせた。

アンドラーシュがやわやわと胸全体を撫でつけていくと、やがて薄紅色の乳首が芯を持って立ちあがった。

「あ…ぁぁ！　そこ。いや…だ」

形ばかりの拒絶を聞いたアンドラーシュは、もうあきらめろと言わんばかりに、乳首の先端を口に含んだ。

「はぁっ…っ！」

ビクンと跳ねる肢体を撫でながら、さらに軽く咀嚼《そしやく》するように噛む。

「ぁあっ…ぁ。それ、ぃやぁ…っ」

経験したことのない快楽が、胸の先から背骨に伝わって全身に波紋を広げていく。

そしてセフィリアは気づいてしまった。

今まさに自身の後孔から、おびただしい量の蜜液がドロドロと流れ出ていることに。

「ぁ。そんな。だめ…っ！」

わたしの身体が変だ。

アルファに抱かれる時、オメガなら誰でもこんなに濡れるのか？

はしたない。恥ずかしい…。

「セフィリア。そんなにいやか？　それとも怖い？」

指先が乳首をきゅっと摘まみあげる。

「ひぁっ！」

はしたない自分の肉体を悲観してみても、痺れるほどの快感で敷布から背中が浮いた。

「あぁぅ！　…ぅ、もぅ…もぅ、アンドラーシュ、そこは、ゆ…る、して」

だが、すでに欲望と興奮に身をゆだねた彼は、今さら引く気などさらさらないようだ。

「セフィリア…なぜだろう？　あなたの肌は、とても甘い」

「そ、んなはず…ないっ、ぁ、ぃやぁ」

今度は乳頭を上下の前歯で挟まれ、はみ出した紅い肉芽を舌で転がされる。

「ぁ。あぁん。だめ…それ、だめっ！」

疼くほどに乳首ばかりを嬲られ、セフィリアの身体が快感しか拾えなくなった時、下衣の帯が解かれて下着ごと足から引き抜かれた。

薄いシャツ一枚にされ、羞恥を感じる間もなく、耳元に息で囁かれれる。

「欲しい…あなたを抱きたい！」

まるで言い聞かせるように、そして自分が一歩も引く気がないと示すような強気な声で宣言された。

体勢を変えたアンドラーシュが両膝を押し開き、逞しい身体をセフィリアの足の間に入れてくる。

「あ、待って。待ってアンドラーシュ！」

濡れきった孔を見られてしまうと気づいて顔から火が出そうだったが、もうなにも隠せない。

羞恥に染まった瞬間、後孔からゴポッと音がするほどの愛液が迸《ほとばし》った。

「ああっ！　こんな…嘘だっ」

「…セフィリア。大丈夫か？」

「いやっ。もぅ、やめてくれ…ぁぁ」

拒絶の言葉とは裏腹に、セフィリアの身体は触られることを待ち望んでいると、アンドラーシュは知っていた。

長い指先が双丘の狭間《はざま》を何度か撫でつけると、とろとろと蜜をあふれさせる陰門を見つけ出してしまう。

「こんなに濡れている」

「あぁ…ぃやぁ」

指摘され、恥ずかしくて死にそうだった。

「もっともっと触りたい。セフィリアのすべてを…」

アンドラーシュは熱烈にセフィリアの目を見つめながら、その一方では指先を孔の縁にかけ、愛液の助けを借りて陰門を割り裂いた。

「ひぁっ」

ずくずくと根元まで指が埋まり、やわらかく濡れた襞ごと中を搔《か》きまわされ、卑猥な水音が室内に響き渡ってしまう。

セフィリアは獣のような悲鳴をあげ、しなやかに背中を反らせた。

するとシルクのシャツの間から見え隠れしてしまった乳首に、再び吸いつかれる。

「ひぁ…ぁ、もうそこは…やめっ。ぁぁ。あぁん」

いやなのに、媚びるような甘ったるい声で喘ぐことしかできない。

汗まみれの頬は、熱に浮かされたように朱に染まっていた。

ぐしゅ、ぶちゅ…ちゃぷん…。

セフィリアのうしろの孔から、たっぷりの水を混ぜるような音が響き渡る。

「こんなにあふれてくる」

慣れない手つきで中を搔き乱され、次々と打ち寄せる快感に、身体は心ごとほぐされていく。

否定的な言葉を発しても、身体はアンドラーシュの愛撫に貪欲《どんよく》に媚びていた。

「セフィリア、俺はもう我慢できない。いいか？　あなたを抱きたい」

強い言葉と意志の強そうな視線で訴えられ、拒絶なんてできるわけがない。

「でも。あぁ……アンドラーシュ」

絶え間ない歓喜の波にさらされた肢体はのたうち、金色の髪を千々に散らす。

今、セフィリアは始めて自分が哀しいほどにオメガなのだと、己の肉体の反応で知らされる。

「もう待てない」

アンドラーシュは帯を解き、布の間から猛りきったものを抜き出した。

一般的にアルファのペニスは規格外の容量で、根元には「返し」と呼ばれる出っ張りがついている。

だからペニスがオメガの後孔に埋められたら最後、射精が終わるまではどれだけ暴れても容易には抜けない。

「あぁ、ぁ…ぁ、アンドラーシュ…」

自分の身体が、彼に貫かれたいと心の底から望んでいる。

男性なら当たり前の、射精したいという欲望ではなく、中に挿《い》れられて快感を得たいと望むオメガの性。

奥まで突っ込んで揺すり倒され、中に大量の精子をぶちまけて欲しくてたまらなかった。

「アンドラーシュ、欲しい…わたしも、あなたが欲しい！」

ついにセフィリアは、恥ずかしげに目を伏せながら本心を吐露した。

「知っている。挿れるぞ、セフィリア」

丁寧にされるほど感度は高まり、ついに灼熱《しゃくねつ》の肉塊が濡れた窪みを押し開いた瞬間、

「ひっ…ぁぁぁぅ！」

セフィリアはそれだけで、軽くイってしまう。

だが今の絶頂は、オメガだけが得ることのできる射精を伴わないそれだった。

濡れた中に侵入を果たした雄茎は、その先端で熟れた襞を掻き分けながら奥を目指す。

セフィリアは歓喜に濡れ落ち、両手で太い首根に摑まり、背骨を軋《きし》ませて悦びの声をあげた。

「あぁぁあっ。挿《はい》ってくる。わたしの中に…挿って…くる」

桁外《けたはず》れの快感に身を灼《や》かれながら、セフィリアはじわじわと焦《じ》らされるように、貫かれていく。

圧倒されるほどの質量で埋められていく間、亀頭のエラが敏感な肉襞をこすりあげ、セフィリアは感じ入ったように喘き喘いだ。

「あぁ…ひ、ぁぁあぅっ…っ！」

ようやく二人が繋がった時、セフィリアは熱にうかされたような目で宙を見た。

「セフィリア…！　セフィリアっ…っ」

自分の一番深いところに彼がいる。

「アンドラーシュ…っ」

今、五感のすべてが訴えてくるのは、自分がこの上なく幸福だという感情だけだった。

「これであなたは、もう俺のものになった」

アンドラーシュの語尾にみなぎる傲慢《ごうまん》さに、目頭が熱くなる。

今、自分はこの男に初めてを捧げたのだ。

これがとんでもない事態だと承知しているのに、あまりに嬉しくて涙がふくれあがり、目尻から転がり落ちる。

「セフィリア、どうして泣くんだ？」

「わからない。わ…からない。ただ、嬉しいんだ」

一番深い場所で繋がったまま、アンドラーシュはセフィリアの目尻の涙を優しく吸い取ってくれた。

「……ぁ」

また涙があふれると、ふっと目をすがめられる。

「悪いが、そろそろ動きたい」

セフィリアは恥じらいで頬を染めあげながらも、小さくうなずいた。

「知ってるか？　あなたの中は熱くてやわらかくて、狭い」

「そっ、そんなこと…言わないでくれ」

アンドラーシュがぎりぎりまで腰を引いてから、我慢が利かないようにガツンと突き入れる。

セフィリアが短い悲鳴をあげると、今度は腰を摑んで連続で打ち据えられた。

「あぁん、ひ…ぁぁ」

目眩がするほどの快感に身を焼かれながら、セフィリアは己の中で傍若無人に動くものを締めあげてしまった。

「っ…く、キツい」

めくるめく喜悦で、つややかな肌に一気に玉の汗が浮かび、フェロモンがまた匂い立つ。

まるでなにかに憑《つ》かれたように、アンドラーシュは細い腰を摑み寄せて結合を深めた。

「ぁ…ぁぁん、そんな…奥は、だめ…っぁ、ぁぁ」

後孔は信じられないほど濡れていて、規格外のペニスを埋められるたび、縁から蜜があふれる。

彼が動くたび、ぐしゅ、ぶぷっと淫音が鳴って、セフィリアをいたたまれなくした。

両足をさらに大きく割られ、上からのしかかるようにして抽送されると、結合がいっそう深くなる。

歓喜に震える腰の奥がさらに開いて潤って、また熱い愛液をあふれさせた。

「あっ、あん…深い。そんな…もぅ無理だ…っ。アンドラーシュっ」

セフィリアの肉体はどこもかしこも敏感になって、感覚が冴えすぎてつらいほどだ。

「セフィリア！」

慟哭《どうこく》のように名を呼ばれ、セフィリアは潤んだ瞳を向ける。

首のうしろに手がまわって、うなじの髪を荒々しく掻きあげられる。

セフィリアの首に巻かれた真珠のチョーカーを、アンドラーシュが本能的に掴んで引っ張ると、

「いやだっ！」

セフィリアが突然悲鳴をあげ、彼は我に返ったように目を見張る。

「っ…く」

だが次の瞬間、抑えきれなかった欲望が、セフィリアの後孔で弾けたのがわかった。

ドクンドクンと脈打ち、まさに中に精液を注ぎ込まれるという表現がぴったりくる。

「あ！　あぁ…熱い、中が…熱くて、たまらないっ」

アルファの射精は種つけの精度を高めるために量が多く、それはセフィリアの中を満たしきるまで終わらなかった。

涙が止まらず、心細い胸の内を隠したくて目の前の逞しい首根にすがりつく。

「アンドラーシュ…」

身体が溶けて二人が一つになった喜びにまた涙がこぼれたら、鼻先をこすりつけられた。

見つめ合う瞳に滲む感情を読み取ろうとしたら、まるでそれをごまかすみたいに口づけが降る。

唇を開いて交わり、差し込まれた舌に自ら絡みつく。

唾液があふれたらすすり合って、歯がぶつかるほどの激しいキスに目眩がした。

「セフィリア、セフィリアっ」

考えることすら奪われたセフィリアは、本能のままに口づけに応《こた》え続けた。


セフィリアにとって初めての経験だったが、それは意図せず幸福な情交だった。

隣国の年若い青年に初めてを捧げてしまったことに、なぜか一片の後悔もない。

ただひとつ。

もし父に知られれば由々しき事態だという憂いが脳裏をよぎる。

それでも、うなじを噛まれて番いになることだけは、回避できた。

アンドラーシュは衝動的に首のチョーカーに触れてきたが、なんとか思い留まってくれた。

興奮したアルファを抑制できたことは奇跡に近い。

事なきを得た理由は、彼がまだ年若く、アルファとして完全に覚醒していなかったからかもしれない。

互いに十代という若さに救われたのだろう。

それでも、彼が運命の番かもしれないと五感で感じたそれは、間違いなく今もセフィリアの胸を占めていた。


セフィリアが午後に小屋を訪れてから、そろそろ日が傾き始めた頃。

二人は寝台から下り、脱ぎ散らかした服を身につける。

元々アンドラーシュが着ていた甲冑と装束は室内の木棚に収めていたが、彼はそれをきっちりと身に纏った。

それを見てセフィリアは思う。

立場の違う二人が、こんなふうに会うことはしばらくできないだろう。

そう思うと、なぜか胸が痛かった。

「アンドラーシュ…」

茨《いばら》の道を進むためにここを出ていく彼に、どうか無事であれと祈りを捧げたい。

「セフィリア、小屋の裏に繋いでる馬を…」

「あぁ、連れていってくれ。あれは穏やかだが、とても足の速い牝馬だ。ドモンコス帝国まで必ずあなたを運んでくれる」

「セフィリア。それはありがたい。本当に感謝する」

すっかり帝国軍の騎士に戻った姿は、まるで知らない者のようだった。

なぜか半身をもがれるような哀しみに、胸が張り裂けそうになる。

背の高い彼を見あげると、額にやわらかな口づけが落ちた。

「アンドラーシュ」

別れの言葉を告げようとしたら、彼は自分の胸にかけていたベッコウのペンダントを外して渡してくれる。

怪我の治療中、一度だけ外そうとしたら拒否されたから、彼にとって大事なものなのだろう。

「俺のことを忘れないでくれ。いつか、必ず迎えに来る。それまで持っていて欲しい」

「これは?」

「俺が祖父にもらったものだ。それを、陽の光や炎にかざしてみてくれ」

指示どおりに太陽にペンダントかざすと、そこに王家の紋章が透けて見え、改めて彼が本当にドモンコス帝国の王子なのだと確信した。

「……ありがとう。大事に持っている」

必ず迎えに来ると言ったアンドラーシュの言葉。

それが社交辞令なのかそうでないのか、今のセフィリアにはわからなかった。

見つめる瞳にいろいろな感情が浮かんでは消える。

互いに離れがたかったが、別れの時は突然やってきた。

小屋の外で人の気配を感じたセフィリアが、アンドラーシュの背中を押す。

「急いだ方がいい、誰か来たようだ」

おそらく王宮の誰かだろうと察した。

と言うのも昨夜、このエレニア離宮に頻繁に通う理由を、イグナーツに尋ねられたからだ。

「ではセフィリア、必ずまた会おう」

外から扉が開けられる前に、アンドラーシュは裏庭に飛び下りる。

それを見送ったセフィリアが急いでペンダントを懐に隠した直後、小屋の扉が開いた。

訪れたのはやはり、イグナーツと二人の従者だった。

「兄上さま。今、窓から出ていったのは何者です？　我が国の騎士ではないようでしたが」

アンドラーシュを追おうと二人の従者が窓に近づこうとしたため、セフィリアは急いで彼らの前に立ちはだかる。

「すまないが、逃がしてやってくれ」

こんなこと、正気の沙汰ではないとわかっていた。

「セフィリア王太子。窓から離れて、そこを通してください」

「頼む！　彼は我が国になんの害も及ぼさない。だから、追わないでくれ」

「そうはいきません」

もう穏便には済まないと知って、セフィリアは心を決める。

「ならば、わたしがここでお相手する」

言うが早いか、歩み出た従者の腰に差してあった剣をセフィリアは素早く抜き取った。

「王太子！」

あまりのことに従者も驚きを隠しきれず、イグナーツを振り返って指示を仰ぐ。

さすがに、次期国王となる王太子と一戦を交えるのは、はばかられるようだ。

直後に馬のいななきが聞こえ、軽快なひづめの音が聞こえる。

やがてそれは一気に遠ざかっていき、ようやくセフィリアは剣を床に投げ捨てた。

「本当にすまない。イグナーツ」

「兄上さま、気でも触れたのですか？　まさか、あなたがこんな過ちを犯されるとは。いったい、ここに誰をかくまっていたのです？」

セフィリアは緊張した面持ちで、ビクリと肩を揺らせた。

正直、最後まで隠しとおせるとは思っていなかったが。

「王宮の薬師が、兄上が連日、薬を持って出ていくと言っていたので様子を見に来たのですが…異国の騎士を密かにかくまっていたのですね？　いったいどこの国の者ですか？」

セフィリアは固く唇を引き結んだ。

国家間の問題に発展することを避けるため、決してアンドラーシュの正体を明かすことはできない。

「別に問題などないはずだ。国境付近で怪我を負っていた者を助けただけだ。治るまでしばしここで治療し、完治したから解放しただけのこと」

「異国の者を許可なく滞在させて治療するなど、規定違反だとご存じでしょう？」

もちろん知っている。

たとえ国交がある国家でも、異国の者を保護する場合は国王に報告する義務がある。

「そうだな。だから、わたしはどんな罰でも受ける所存だ」

セフィリアに並々ならぬ覚悟を見て、イグナーツは腹立たしげに舌を打った。

「わかりました。では参りましょう」

カッサンドロ国王の前で釈明の機会を与えられても、セフィリアは黙としていた。

逃がした男の正体を何度も問われたが、異国の者でも怪我人を助けるのが治療師としての義務だと、セフィリアは一貫していた。

父は一定の理解を示したが、従者たちの手前もあり、セフィリアを処罰しないわけにはいかなかった。

報告の義務を怠った罪に問われたセフィリアは国家の法規にのっとり、鞭打ちの刑に処せられた。

白くなめらかなセフィリアの背中。

両手を縛られた状態で鞭が振り下ろされる。

肌が裂けて血が滲んでも、セフィリアは歯を食いしばって痛みに耐え、うめき声すらあげなかった。

鞭の雨に打たれながらも、セフィリアはただただアンドラーシュの無事だけを祈っていた。

――・――・――


セフィリアの脳裏には二人が出会った日のことが鮮明によみがえっていたが、ふと我に返った。

「すべて覚えていたなんて、信じられない…」

「だがこれが真実だ。七年前、国境付近で怪我をした俺は、セフィリアに助けられた。献身的に怪我の治療をしてくれた日々を全部覚えている」

だとしたら、この仕打ちはあまりに非道ではないか？

アンドラーシュに運命を感じたあの時から、ずっと忘れられずにいたから、セフィリアは誰の求婚も受けなかったというのに。

セフィリアはいぶかしい瞳を向けた。

「そうか…覚えているのか。それなのに、これほどわたしを貶めるのか？　あなたの国では恩を仇《あだ》で返すのだな。さすがは誉《ほま》れ高き暴君だ」

「違う！　それは違うんだ、セフィリア！」

語気を強めて否定され、セフィリアは肩を震わせた。

あまりの剣幕だったからだ。

「アンドラーシュ、今さらなにをそれほど否定することがある？　わたしを罪人にして、この国へ無理やり拉致してきたではないか！　それどころか…わたしを……っ」

これほどの仕打ちをすることに、なにか特別な理由でもあるのだろうか？

「セフィリア、俺はおまえに恩義を感じている。だが…」

「だが？」

「いや……なんでもない」

言葉の続きを視線で催促したが、アンドラーシュは答えをはぐらかしてしまう。

「聞いてくれセフィリア、俺はおまえと過ごしたエレニア離宮での日々を、一度たりとも忘れたことはなかった。殺伐とした人生の中で、唯一の幸福な思い出だったからだ」

皇帝の告白は、すっかり自尊心を打ち砕かれたセフィリアの心を潤すには充分だった。

だが、急にそんなことを聞かされても信じがたい。

「俺は、セフィリアとの思い出があったから今まで生きてこられた。父や兄にどんな非道な仕打ちを受けても、もう一度あなたに会うためならと、耐えられたんだ」

アンドラーシュの告白は正直嬉しかった。

だが、彼はこれまでいったいどれほど苦労をしてきたのか。

「エレニア離宮を出てから政権を奪還するまでのこと、わたしに教えてくれ」

わずか十六歳の青年は、どうやってゴラ政権を転覆させるに至ったのか。

「そんな話を聞いても面白くはないぞ？　女はみんな、いやがるような血なまぐさい話だ」

「あいにく、わたしはオメガだが女ではない。聞きたいんだ」

「わかった」

アンドラーシュは苦笑したが、どこか嬉しそうに見えた。

そして…彼が語ってくれた過去は、波瀾《はらん》万丈なものだった。

バレリア王国を出てドモンコス帝国に戻ったアンドラーシュは、祖父が深い信頼を寄せていた軍の指揮官と志を共にし、少しずつ現政権に対抗する勢力を拡大していった。

おそらくアンドラーシュは当初、抵抗勢力のシンボル的な存在だったのだろう。

やがて、皇帝に充分対抗し得る力を得たアンドラーシュ率いる軍隊は、クーデターによりゴラ政権を撃破した。

アンドラーシュはドモンコス帝国、第五代皇帝に即位した。

ゴラ皇帝とその息子については死罪にするべきとの声が高かったが、アンドラーシュは彼らに罪人の烙印を捺して国外追放とした。

それは、セフィリアとアンドラーシュが出会ってから四年後のことだった。

その後、アンドラーシュは国政に邁進《まいしん》し、国民や従属国を苦しめたゴラ政権の制度を次々と廃止。

貿易を最優先で推し進めるため、公道を整備して貿易を発展させることで、従属国にも多くの商売の機会を与えた。

それは、各国が共に発展するための良策だった。

かくしてアンドラーシュ皇帝は、豪腕にして賢帝だと諸国から称えられることとなる。

熱心に聞き入っていたセフィリアだったが、彼の話が終わってもなにも言えなかった。

「今度はセフィリアのことを訊かせてくれ。その背中の傷…鞭の跡は、俺を逃がしたからだな？　本当にすまなかった。俺は自分のことで精いっぱいで、異国の者を密かに治療したおまえがどうなるかなど、考える暇もなかった。許せ…」

白く美しいセフィリアの背中の鞭の跡を思い出したのか、アンドラーシュは顔をゆがめた。

「セフィリア。教えてくれないか？　あの日、小屋を訪れたのは誰だったんだ？」

「あれは…弟の、イグナーツ第二王子だ。頻繁に離宮に通い詰めるわたしの動きを怪しんで訪ねてきたらしい。そして、異国の者を密かに治療していたことを知られてしまった」

「そうか……だが、俺の正体は明かさなかったんだな？」

「あぁ、話さなかった。それが父上の不興を買った理由だ」

「すまなかった。本当に…俺のせいで」

アンドラーシュはうつむいて、悔しそうに唇を嚙みしめた。

「あなたのせいじゃない。わたしの父、カッサンドロ国王は温厚で平和主義者だが、曲がったことが嫌いで規律を重んじる。わたしを鞭打ちの刑にしたのは父だが、公正な人だから実子であっても特別扱いはせず、罪は罪だと従者や国民に知らしめようとしたんだろう。当然だな」

「君主とはそういうものだからな。たぶん俺とて、同じことをするだろう」

「あぁ、わかっている。だから父を恨んだことは一度もないし、今も関係は良好だ」

アンドラーシュはセフィリアをそっと抱き寄せると、ドレスの上からうやうやしく背中を撫でる。

「俺は生涯、おまえの美しい肌に傷をつけたことを悔やんで生きていくことになるだろう」

真面目《まじめ》な顔でそう語る彼がらしくなくて、セフィリアはふっと笑みをこぼした。

「その後、イグナーツ王子との関係はどうなったんだ？」

「別に…変わらない。と言うのも、わたしたちはお互い、それほどいい関係にあるわけではなかったんだ。わたしは…彼に、きらわれているから」

「……腹違いの兄弟だからか？」

話したくはなかったが、セフィリアは隠しごとなどしたくなかった。

「イグナーツは幼い頃に母を亡くしているが、それは……わたしのせいなんだ……」

言葉に詰まったが、アンドラーシュが先を促すように首を傾《かし》げたから、セフィリアは続きを話す。

「幼少期、わたしとイグナーツは一緒に過ごすことが多かった。それは彼の母親であるマリアがわたしの侍女だったからだ。それを父が見初めて側室にした」

「そうだったのか」

「あぁ。だがわたしが十四歳の時、馬車で教会に向かう途中に物盗りに襲われた。その時、マリアはわたしを庇って……命を落としたんだ」

イグナーツはその日、体調を崩して同行していなかった。

セフィリアはこれまで、マリアが亡くなった日を忘れたことはない。

命を賭して、自分を助けてくれたことに報いるためにも、セフィリアは懸命に生きると誓った。

「だがマリアが亡くなったあと、わたしはしばらく心を病んでしまったんだ。時間が経ってようやく人と会話ができるようになったが、イグナーツとの関係は一変した。どこか距離を感じるようになってしまい、公的な場所以外では会話をすることもなくなった。でも、いつかわかり合いたいと思っている」

異母弟との複雑な過去を語る間、なぜかアンドラーシュは難しい顔で話を聞いていた。

「今でも思う。あの時、わたしが死ねばよかった…わたしには、命をかけて助けてもらうほどの価値などなかった」

ずっと抱えてきた苦しい胸の内を吐き出すと、アンドラーシュは急に声を荒らげた。

「おまえに価値がないだと？　近隣諸国の王族がこぞっておまえを妃に迎えたいと競っていたことを忘れたのか？」

奇跡のオメガの話なら聞き飽きた。

「誰もがセフィリアを欲しがる中、婚姻の申し出をことごとく断っていたのはおまえだ」

「奇跡のオメガなんかに生まれたかったわけじゃない。わたしは自分にそんな力があるなんて信じていないし、ありもしない期待を背負わされて嫁ぐなんてまっぴらだからな」

それも本心だったが、理由はもう一つある。

自分の運命の相手がアンドラーシュかもしれないと、淡い期待を抱いていたからだ。

だが妾にされた今、そんなことを彼に話したくはない。

「わたしには、そんな特別な力なんてない。どこにでもいる非力なオメガだ」

めずらしくセフィリアが自虐的な言葉を口にすると、アンドラーシュは細い顎を摑んで目線を合わせる。

「まさかおまえは、俺から離れたくてわざと自分を卑下しているのか？」

勘違いも甚だしくて、セフィリアは呆《あき》れた顔でアンドラーシュを見上げた。

「セフィリア、よく聞け。どれほど拒んでも、おまえはもう俺の番なんだ。俺のものだ」

これほど強く求められることに性的に興奮するのを止められない上、心まで動きそうになるから始末に負えなかった。

もう、この男に振りまわされて心を揺さぶられたくない。

自分を拉致し、衆人環視の中、強引に番にしたのはこの男だ。

いつかアンドラーシュが迎えに来てくれるかもしれないと、彼の言葉を信じて待っていたこれまでの自分が腹立たしかった。

「セフィリア、俺たちは今まで互いに違う人生を歩んできた。そして今後も違う道に進むことだってできた。だが俺たちの運命は【番】という形で繋がってしまったんだ」

「そうだ」

アンドラーシュのせいでな。

そんな愚痴を、セフィリアは奥歯で嚙み砕く。

「だから、これからは俺を信じて俺に従えば、間違いなく幸せになれる。いいな?」

彼の言葉を聞いて、セフィリアは我に返った。

アンドラーシュはまるで、支配者のようだったからだ。

確かに、自分の未来に期待を持ちたいが、今の状況を考えると難しい。

「わたしはあなたのものではない。勝手に拉致して番にしておいて、この状況を素直に受け入れられるとでも思うのか？」

どうやらアンドラーシュは、セフィリアの返す言葉が気にくわないらしい。

「いいかセフィリア、おまえの主は俺だ。主である夫に、そんな反抗的な態度を取るな」

気づかないうちに、相手を睨み据えていたらしい。

「アンドラーシュ、この婚姻は、わたしが望んでいたわけではない」

さきほどまで、少しは相手とわかり合えたと思っていたのに…今はもう心が遠い。

自分が放った拒絶に、アンドラーシュはひどく立腹した様子だった。

「よく聞けよ、セフィリア。おまえがもし俺から逃げようとすれば、その時はもっと重い罰を与える」

「はっ！　そうか。だがわたしはすでに罪人だから、これ以上どんな罰を与えられても構わない」

たまらずに言い返したが、結局は彼に抗っても徒労に終わるだけだとあきらめた。

自分の運命を変えた男。

こんな仕打ちを受けても心惹かれるのは、彼が番だからだと思いたい。

セフィリアが哀しげにまつげを震わせると、アンドラーシュは急に困ったように髪を掻きむしった。

「すまない…セフィリア。こんな言い方しかできなくて。信じられないかもしれないが、俺は俺なりに、おまえに誠実に尽くす覚悟でいるんだ」

「わたしに、誠実に尽くす？　罪人であり、妾でしかないこのわたしにか？　どうかしている」

にわかには信じられなかったが、彼はなぜこんな嘘を言うのか？

「信じないんだな？　セフィリア」

当然だと言い返した時、不意にアンドラーシュがセフィリアの前にひざまずいた。

そしてまるで騎士のようにうやうやしく、セフィリアの手を取る。

「な！　っ…なにをしている！　アンドラーシュ？」

「聞いてくれ。おまえが信じられるよう、俺はここで誓いを立てよう」

セフィリアは戸惑って手を引こうとしたが、思いの外強い力で摑まれていた。

「全能の神、ゼノンに誓う。セフィリア、俺はそなただけに永遠の愛と、そして永劫の忠誠を誓う」

セフィリアは息を飲む。

この大陸を統べる強大なドモンコス帝国の皇帝、アンドラーシュ。

泣く子も黙るほどの覇王が今、自分の前でひざまずいていた。

それだけではなく、このわたしに忠誠を誓うというのか？

心を動かされたくないのに、それが叶わない。

世界をも支配する皇帝から真摯に宣誓を受けることで、高揚しない者がいるだろうか？

「おまえの望みはなんでも叶えてやる。だからもう観念して俺のものになれ。そして俺だけを愛するがいい」

その言葉を信じたいが、セフィリアの中には懸念もあった。

近い将来、アンドラーシュは彼にふさわしい正妃を迎えるかもしれない。

その時自分はどうなるのだろう？

「ならば、一つだけ頼みがある」

この男のものになるのなら、せめて自分らしさだけは失いたくはない。

「なんだ？」

立ちあがったアンドラーシュは、威圧的に自分を見おろした。

「わたしにも……自由を与えてくれないか？」

「自由？　どんな自由だ？　おまえは罪人なんだから、城から出せとは言わせない」

「アンドラーシュ、頼む。せめて、城下の街までで構わないから好きにさせて欲しい」

王都ナールーンの中心にある王宮。

その周囲をぐるりと巡る外壁に護られているのが城下の街だ。

「街に行きたいのか？　あぁ、そのくらいは構わない。おまえは俺の妾なんだ。妾は贅沢をするものだから、欲しいものはいくらでも買えばいい。もちろん護衛はつけてやるから安心しろ」

どうやらアンドラーシュは少し思い違いをしているようだが、セフィリアは否定しなかった。

「そうか、それなら嬉しい。安心した」

たとえ護衛つきでも、王宮の外で自由にできるのなら、新たな希望も見いだせるだろう。

「外壁の外にさえ出なければ、どんな遊びに興じても自由にするといい。宝石も服も、欲しいものは惜しみなく与えてやる。貿易商を王宮に呼びつけても構わないから好きにしろ」

「ありがとう。アンドラーシュ」

いつか彼に飽きられて番を解消されたとき、ちゃんと自立できるようにしておきたい。

「だが一つだけ忘れるな。おまえは俺の番で妾だ。だから常に俺の性欲を満足させろ。それができなければ、自由になどさせないからな」

哀しいかな、それがオメガの妾の役目なら従うしかないだろう。

「わたしは奴隷のようなものだから、どれだけいやでもあなたに従うしかない」

今さら自分の運命を悲観しても仕方がない。

「どれだけいやでも…だと？　そうか…」

だからセフィリアは、考え方を変えようと思った。

そうだ。アンドラーシュと寝ることも、ただの役割だと位置づければいい。

セフィリアは自分を納得させると、ほっとして静かに目を閉じた。

「どうした？　口づけが欲しいのか？」

すぐさま頬を挟んで唇を奪われる。

目を閉じたことで、まるで自らせがんだように思われたようだ。

でも、アンドラーシュとのキスは甘くて優しくて…でも少し切なく、胸が苦しくなる。

そして、セフィリアにはわかっている。

このまま彼のそばにいたら、自分はきっとこの暴君を愛してしまうに違いない。

今はそれが怖かった。

長いキスのあと、セフィリアは夢から覚めたようにうっとりと目を開けた。

「これで俺たちはゼノン神の前で誓約し、正式に番となった。俺のものになったのだから、これからは存分におまえ抱く」

実はセフィリアは宴席で観衆の前で抱かれて以来、一度も求められることはなかった。

どうやらそれは彼なりに、婚姻の契りを結んでからという理由があったようだ。

意外と律儀な面があるらしい。

それでも、この苦々しい感情に、簡単に蓋をすることはできないだろうが。

「そんなに俺に抱かれるのはいやか？　ふん、そんな反抗的な目も、きらいではない」

抱かれるのがいやだと言ってしまったことが彼を怒らせてしまったようで、セフィリアは奥歯を嚙みしめた。

「あぁセフィリア、言い忘れていたが、バレリア王国に送った勅使によると、カッサンドロ国王がたいそう安堵していたそうだぞ」

「安堵？」

「おまえを処刑せず、俺の妾にしたことをだ」

セフィリアは大仰にため息を漏らす。

カッサンドロ国王にとっては、本来なら息子が妾にされたなど許しがたい屈辱だろう。それでも、生きていることを喜んでくれている。

「そうか…だがわたしは、奴隷にされるか、いっそ命を奪われる方がましだった」

「そんなに俺の番になったことがいやか？　だがセフィリア、そんな目で睨むな。知っているか？　その目は逆に男をその気にさせる。いいぞ。ならまず手始めにここで抱いてやる」

「っ！　ここで？　そんな、い…やだ！」

こんな神聖な場所で抱かれるなど、絶対に拒否したい。

彼の要求に怒りが湧きあがるのに、身体の芯は逆に熱くなっていく。

哀しいオメガの性に嫌悪して、セフィリアは首を左右に振りたくった。

「おまえがいやでも関係ない。おまえは俺のものだからな」

どんな無茶で非道な要求も、妾の自分には拒絶できない。

「さぁセフィリア、ゼノン神の像の台座に手をついて尻を向けろ」

「……っ！」

伸ばされたアンドラーシュの手を、反射的にピシャリと叩き落としてしまう。

神聖な教会で抱かれるなど想像しがたいが、抵抗しても無駄なことはわかっていた。

「いい度胸だな。乱暴にされたいのか？　おまえは自分の立場を自ら奴隷だと言ったのだから、それらしく扱ってやるよ」


豪華なウエディングドレスのスカートが一気にまくりあげられると、薄い下衣の下にある細腰と双丘がアンドラーシュの目にさらされた。

そろりと尻を撫でられるだけで、セフィリアの息が止まる。

「あっ…ぅ」

「おまえは俺の番だ。番になるとはどういうことかを、身体でわからせてやる」

番にされたオメガは、相手のアルファとの性交でしか快感を得られなくなる。

それは当然、相手も同じだ。

わずかな抵抗を示すとずしりと背中に覆いかぶさられ、筋肉の浮き出た胸と腹で易々と抵抗を封じられる。

「あ！　だめっ。あぁぁ…っ」

やわらかな尻の肉をゆったりと揉まれ、今度は指先が尾てい骨をなぞるようにして尻の狭間を這い下りていく。

痺れるほど強烈な快感が生まれると、セフィリアの腰がビクンビクンと、何度も跳ねあがった。

「ふっ、まるで暴れ馬だな」

「いやだっ…っ！」

「もっと可愛《かわい》いことを言えよ。おまえの声はそれだけで俺をそそる。さぁ、お預けが長かったから今日は俺にも余裕がない。これで愉《たの》しませてもらおうか」

アンドラーシュが下衣から勃起した雄を摑み出すと、それは腫《は》れあがった亀頭を天井に突き立てるように雄々しく脈打っている。

鈴口から蜜が垂れるとそれが燭台《しょくだい》の炎にキラリと光り、凶悪なまでに卑猥だった。

台座にしがみついていたセフィリアは思わず背後を振り向いてしまい、男のペニスを目にしたとたん、息を飲んで身を震わせた。

「……ぁぁ。そんな。無理だ…っ」

尻たぶを摑まれ、尻を左右に割るようにして孔を押し開かれる。

いやがって見せても身体はアンドラーシュが欲しくてたまらず、セフィリアの中からも濃厚な愛液がドロリとあふれた。

「さぁ、いい声で啼けよ」

熱いペニスが蜜孔に突き当てられ、すぐにグッと押し込まれた。

「ぁあぅ…っ！　ぅぅ…ぁん」

唇を嚙んで声を殺そうとして鼻腔からくぐもった甘い声が漏れると、彼は愉しげに嗤《わら》う。

「声を我慢するな！　気が狂うほど突いてやるから可愛い声で啼け！」

「ひぁっ！　あぁぅぅ！　んっ。ぁ、ぁぁ…、やぁ、あぁぁんっ！」

冷たい台座に摑まっている手が大理石に爪を立て、いやな音が響いた。

だがセフィリアの喘ぎ声は、命じられたとおりに甘さを増していく。

「いいぞ、その調子だ」

もうあきらめるしかないと思った。

こうして好き勝手に抱かれることを、本当は自分も望んでいるじゃないか。

番なのだから、いやでも感じるのは当然だった。

「これが、ぁっ…くっ。ドモンコス帝国の…皇帝陛下の……っぅ、やり…方なのだな」

腰を摑んでさらに密着してくる男のペニスがいっそう深くまで届き、粘膜を抉《えぐ》る。

「どう言われようと、おまえは獣のように俺に貫かれ、感じている。違うか？」

耳朶《みみたぶ》のうしろにある窪みを舌先でねっとりねぶりながら囁かれると、うなじが震えて首がすくんでしまう。

「ぁぁ、あ、ぁん…っ！」

「いやがってるわりには、ずいぶん気持ちがよさそうだな。セフィリア」

ピチャ、ぷちゅ…チュク。

「ぁん、はぁ…はぁっ…ぁぁっ、あぅっ」

耳の中を執拗にねぶられる音がやけに大きくて、下肢だけでなく耳まで犯されている気がした。

だが支配的な言葉とは裏腹に、舌の動きも腰を貫く熱も実際はひどく優しくいたわるようで、どうしたってアンドラーシュを憎めない。

こんなふうに身体を支配されて悔しくても、それでもたまらなく気持ちがいい。

「……アンドラーシュ…っ、あぁん！」

前にまわってきた手に、勃ちあがったものを握られ、ビクンと腰が揺れて卑猥な声が響いた。

「うしろだけじゃなく前もこんなに濡れているな。雄のオメガはいろいろ楽しめていい」

声を噛むためにきつく結んだ唇も、的を射た愛撫ですぐに解けて媚びた喘ぎを垂れ流す。

焦らすようにゆるやかに動かれると、奥まで届いたペニスを離したくなくて、無意識に肉襞を食い締めてしまう。

「欲張りな孔だな。だが、正直で可愛い奴だ」

ならば今度は望みどおりにと、オメガが感じやすい深い性感帯を集中して突かれると、壮絶な愉悦がセフィリアの背筋を這いのぼっていく。

「あぁっ！　だめっ、そんな深いところ…だめ。だめっ、これ以上、わたしに触らないで。いやぁっっっ」

「いやがっても、おまえは俺だけのものだ！　忘れたとは言わせない」

まるで番の契約を思い出させるように、もう一度アンドラーシュにうなじを噛まれると、発狂しそうなほどの快感に襲われた。

優しく甘く焦らすように粘膜を突かれて、でもそれだけでは足りなくなる。

「誰にもやらない。渡さない。おまえは俺の奇跡のオメガだ」

オメガになど、生まれたかったわけではない。

「いやだっ」

こんな身体は望んでなかった。

でも、今まではオメガである自分を否定したくなくて、セフィリアは懸命に生きてきた。

自身の身体を恨みそうになるが、もうこれ以上は我慢できなくて、セフィリアは堕《お》ちていく。

「もっとして。アンドラーシュ……お願いだから。激しく、して。わたしをめちゃくちゃに突いてくれ」

ひどくされたいという本心を吐露すると、さらに荒々しく腰を摑まれた。

「おまえが望むなら、なんなりと。俺のセフィリア」

「あぁぁ…あ！　ん…ぅ！」

アンドラーシュは一気に深くまで穿《うが》つと、そこで腰をまわして熟れた肉襞を抉り倒す。中が痙攣《けいれん》して収縮してまた愛液があふれ、コプッといやらしい水音を立てた。

限界に近い快感に震えながら、セフィリアはその白い頬を歓喜の涙で飾っている。

「ああ…ぁ、イく。イくっ！」

ついにセフィリアが後孔で絶頂を極めた。同時に神聖なゼノン神を奉った像の台座に白濁を飛ばした瞬間、中に熱い体液が放たれる。

下腹がふくれるほど大量の精液が、ドクンドクンと音を立てて中に注がれていた。

「あぁ…ぁん、熱い。わたしの中が、熱くて…たまらないっ」

「いいかセフィリア、これから何度でも、俺はおまえだけに種付けをしてやるから」

横暴な言葉を浴びせられて屈辱を感じているのに、それでも脳裏に浮かんだ感情。

それは、「嬉しい」だったことにセフィリアは驚愕する。

「あぁ…アンドラーシュ、アンドラーシュ…っ」

セフィリアの頬に流れたのは、喜悦の涙だった。

◆4◆

翌朝、セフィリアは侍女が用意した華美なドレスではなく、動きやすいパンツとブーツで城下町の東塔へと向かった。

セフィリアの護衛に任ぜられた見張り役が馬車で送ってくれているが、向かうのはある意味、戦場のような場所だ。

公務で怪我を負った兵士や、病を患う民衆が集まる場所。

それが東塔にあり、人々はそこを【治療塔】と呼んでいた。

「悪いがここで用事があるんだ。遅くなるかもしれないし、おまえは王宮に帰ってくれてもいい」

護衛に昼食代を渡したあと、セフィリアは東塔の扉を開ける。

そこは入ってすぐ大きな広間になっていて、整然と並んだベッドには怪我人や病人が寝かされていた。

治療塔には医術の知識を持った者はわずか数名しかおらず、交代で治療に当たっているが、多くの病人を診《み》るには圧倒的に人手が足りないと聞いていた。

今、セフィリアの目の前では、治療師と看護師があわただしく動きまわっている。

だがその様子はバレリア王国の診療所も似たり寄ったりで、治療師であるセフィリアも時間が許す限り治療に当たっていた。

広間に入ってベッドの間を縫って歩き、責任者を探して声をかけようとしたが、皆それどころではなさそうだ。

セフィリアがあるベッド脇を通り過ぎようとした時、寝ている男の顔色が茶褐色なことに気づいて足を止める。

「助け、て…」

彼の瞳を見ると、充血がひどく焦点が定まっていない。

かけてある麻布を剝ぐと、怪我を負った足首から先が赤紫色に変色していた。

「足を、どうしたんだ？」

彼はか細い声で、道を造る現場で、足先が大きな石の下敷きになったと言った。

それを聞いて、このままでは彼の命が危ないことにセフィリアはすぐに気づく。

以前にも何度か、こういう症状を見てきたからだ。

「誰か！　医術用のナイフを持ってきてくれないか？」

セフィリアが声をあげると、患者の傷の縫合を終えた若い女性が、医術用具の入った袋を持ってきてくれる。

「ここに一式入っています。あなたは?」

「ありがとう。勝手をしてすまない。わたしは治療師だ。できればここを手伝わせてもらいたいと思って来たんだが…この青年の状態はとても危険だ」

彼女は困惑したように首を傾げたが、セフィリアの口調にそうも言っていられない状況だと悟ったようだ。

「この方は運ばれてきて捻挫《ねんざ》と診断して湿布をしましたが、確かにすごい汗ですね。気がつきませんでした」

これだけの病人がいれば、見落としがあってもおかしくない。

「おそらく足先の血管がつぶれている。このまま放置すると、彼は命を落とすだろう。だから…」

目を見合わせると、彼女は険しく眉根を寄せる。

「切断しかないと?」

セフィリアがうなずくと、彼女は決心したように医術用のナイフを一本抜いて消毒し、それを手渡してくれた。

「経験は?」

「何度もある。一刻を争うので、できれば手足をベッドに繋ぐか、治療師でなくとも、彼を押さえるために人の手を借りたい」

セフィリアが今から行う施術はひどい痛みをともなうため、患者が暴れる可能性がある。

「わかりました。すぐに人を集めます」

白い布に消毒液を染み込ませると、セフィリアは患部を消毒する。

つい先ほどまで話ができた彼は、すでに意識を失っているようだ。

数人の治療師や軽傷の者が青年の手足を押さえて準備が整うと、セフィリアはナイフを握った。


大変な施術が終わる頃にはすっかり日が傾いていて、セフィリアは治療師たちの休憩室に呼ばれていた。

毎日夕刻になるとここでお茶を飲みながら、患者たちの容態を互いに知るための会議をするようだ。

それはセフィリア自身が、自国で行っていた情報の共有方法と同じだった。

二十人ほどの治療師と看護師が珍しそうにセフィリアの様子をうかがっていたが、責任者と思われる女性が語りかけてくる。

「わたしはこの治療塔の責任者です。あなたは治療師としても、とても優秀な技術をお持ちのようですね。それに、我が国にはない医術の知識もお持ちのようです」

ひとしきり褒めたあと、彼女が言葉に詰まった。

「あの…はっきり申し上げますが……一部の者が、その……あなたが、バレリア王国のセフィリア王太子に似ていると話しています」

正体を隠すこともできたが、ここで仕事をするとなると嘘はつきたくない。

セフィリアは腹をくくった。

「最初に名乗らずにすまなかった。非礼を詫《わ》びる。いかにも、わたしはバレリア王国の王太子、セフィリアだ」

当然、誰もが度肝を抜かれたような顔でセフィリアを見つめた。

「……まさか。ご本人だとは…」

セフィリア王太子がアンドラーシュ皇帝の妾になったことは、この国の者なら周知の事実なはず。

「今、この国でのわたしは、ただの皇帝の妾だが、城でのうのうと遊興にふけるのは性に合わない。我が国でも治療師として過ごしてきたゆえ、願わくばわたしにここで仕事をさせて欲しい」

正直に胸の内を明かすセフィリアを、誰もが不思議に思った。

歴代の国王の妾と言えば、着飾って遊興にふけり、贅沢三昧をしている者がほとんどだったからだ。

「セフィリアさまの申し出はありがたいですが、アンドラーシュ皇帝陛下の了解は得ていらっしゃるのですね？」

少し答えに迷ったが、城下の街では自由にしていいと言ったのは他でもない彼だ。

「もちろんだ」

多少の解釈の相違はあるかもしれないが、間違ってはいない。

「ああ！　でしたらなんの問題もございません。ここはいつも人手が足りませんから、お力を拝借できましたら我々も心強い」

快く受け入れてもらえることが、これほど嬉しいとは。

「ありがとう…本当に嬉しく思う。わたしに居場所を作ってもらえただけでありがたい。できることはなんでも手伝わせて欲しい。本当にありがとう」

「そんな、とんでもありません」

王太子の丁寧で誠実な態度に、逆に皆が恐縮していた。

「あの、セフィリアさま……先ほどの切断の施術の件で少し教えて欲しいのですが、よろしいでしょうか？」

「あぁ。もちろんだとも」

「あの、自分もお願いします！」

その後は治療にたずさわる者同士、施術のことで多くの話をした。

彼らは非常に向上心が高く、その姿勢が尊敬できると感じて嬉しくてたまらなかった。

セフィリアはドモンコス帝国に来て、ようやく心から笑顔になれた気がした。


セフィリアが治療塔で仕事を始めてから十日が経過したが、護衛に口止めをしているお陰もあって、まだアンドラーシュには仕事をしていると気づかれていないようだ。

そもそも皇帝は国内外の統治のため精力的に政務をこなしていて、日々とても忙しそうだった。

だからせめて夜の食事はセフィリアと一緒にしたいと気にかけていたが、アンドラーシュが夕餉《ゆうげ》の前に帰城することは稀《まれ》だった。

それでも夜になるとアルファとしての絶倫ぶりを発揮し、セフィリアは三日にあげず抱かれる日が続いているが、それも必要なことだと感じている。

恥ずかしい話だが、アンドラーシュに求められるのと同じくらい、セフィリアの身体も彼に抱かれることを望んでいるからだ。

そして困ったことに、憎むべき相手はセフィリアに忠誠を誓ってからというもの、こちら側からの要求は大方叶えてくれる寛容さを示してくれている。

治療塔で仕事を始めてからというもの、ドモンコス帝国での日常がとても充実しているが、正直それでは困る。

今のセフィリアは、自分が冤罪をかけられ、無理やり番にさせられた事実を忘れそうになることだけが怖かった。

そして今夜は、めずらしく夕餉の時間にアンドラーシュが帰城して、一緒に食事のテーブルについている。

この皇室お抱えの料理人が作る料理はどれも絶品で、セフィリアの口にもよく合った。

アンドラーシュはいつも食欲旺盛で、それを見ているだけでセフィリアは満腹になる気がした。

食事が終わった時、話のついでのように唐突に訊かれた。

「そう言えばセフィリア、おまえは今、治療塔で手伝いをしているそうだな?」

あやうく、高価な青磁のティーカップを落としそうになったが、表情を引き締める。

やりがいを感じている仕事だけは、絶対に奪われたくなかった。

「あぁそうだが、なにか問題でも?　城下街までは自由に行動していいと言っただろう?

それに、護衛は常に近くで待機してくれている」

アンドラーシュはワインを飲み干すと、優しい眼を向ける。

「セフィリア、勘違いするな。決してとがめているわけではない。ただ、おまえらしいと思っただけだ」

「そうか。あぁ、そうか……ありがとう」

その言葉を聞いてホッとした。

「だがセフィリア、おまえは宝石やドレスに興味はないのか？　働く必要などないんだぞ？」

「言っただろう？　わたしはオメガだが女ではない。それに、自国では治療師としての役目を全《まっと》うしていたんだ。だからこの先もドモンコス帝国で生きていけと言うのなら、生きがいが欲しいんだ。宝石もドレスもいらないが、わたしは自分の存在意義を感じながら生きていきたい」

それが偽りのない本心だったし、正直な要求だった。

「そうか、おまえらしいな。セフィリア、俺はおまえのそういう面を認めているし、誇らしい」

「……あ、ありがとう」

誇らしいと言われて、心臓が大きく脈打った。

アンドラーシュは横暴なくせに、認めた相手を素直に賛辞する度量の広さを持っている。まさに彼は、「人たらし」だということを最近知った。

「だがセフィリア、おまえは皇帝の妾だ。絶対に危険なことはするなよ？　もしおまえが怪我を負ったり危ない目にあったりしたら、即刻やめさせる」

彼が心配してくれているのだとわかるが、ここだけは譲れない。

「心配してくれて感謝するが…わたしはこの王宮の中で、ただ飼われているのは性に合わない。でなければ、わたしを略奪して囚われの身にしたあなたを憎んでしまいそうになる」

アンドラーシュは大きく肩を揺らして息をついた。

「わかった。あともう一つ。まわりに男を近づけるなよ。それが条件だ」

あまりに呆れて、ものも言えない。

「なにを言っている。わたしはもうアンドラーシュの番なのだから、この身体は他の誰にも反応しないと知っているだろう？」

「いくら俺の妾で番であっても、セフィリア…おまえは美しい。だから常に油断するな。おまえの美しさが男を引き寄せるのだと知っておけ」

ドモンコス帝国の皇帝陛下に恥ずかしげもなく褒められると、頬が熱くなってしまう。

横暴に振る舞ったかと思えば急に優しくしたり、独占欲を振りかざしたり。

それが無意識でしているのだから始末に悪いと、セフィリアは思ってしまう。

そんな彼に心まで染められてしまうのが怖くて、だからセフィリアはわざとつれなくする。

「仮にわたしが他の男を引き寄せて関係を持ったとしたらどうするんだ？　わたしに愛想を尽かしてくれてもいいんだぞ？　アルファからは番の関係を解消できるんだからな」

　オメガからは番の関係を解消することはできない。

　本当に、理不尽にもほどがある。

「おまえ、まさか俺を怒らせて関係を解消されたいのか？　だが、悪いなセフィリア。俺はおまえを手放す気など毛頭ない。もしおまえが不貞を働けば、おまえを鎖で繋いで二度と外に出さずに俺の寝室に閉じ込めておくつもりだから覚悟しておけ」

　あまりに独占欲の強い横暴な発言に、セフィリアは眉を吊《つ》り上げた。

「なんてことを…っ！　最低だな」

「最低で結構。なにがあっても、俺はおまえを手放さない。覚悟を決めて、俺とこの国で生きるんだな」

　こんなふうに独占欲を振りかざされ、腹立たしいのになぜかまた心の奥が甘くざわつく。

　アンドラーシュが憎いはずなのに、最近は胸が熱くなることが増えた。

　それが悔しくてたまらないのに、どうにもできなかった。

王宮での暮らしが始まって半年ほど。

セフィリアは治療塔で毎日を過ごすことで、生きがいを見つけている。

医術に関してはここよりバレリア王国の方が進んでいて、セフィリアが治療師や看護師に教えることは多かった。

仕事熱心で協調性があり、とても優しいセフィリアのことを、最近では誰もが慕っている。

もちろん治療師としても優秀なセフィリアの評判は、治療に訪れる者の口伝えで、民衆の間にもずいぶん広まっていた。

だが実は、それが少々面白くないのはアンドラーシュだった。

今日は元老院で他国との貿易関連の条約見直しを検討する会議があったが、そのあと議員の一人に声をかけられた。

ここの議員は、アンドラーシュを育ててくれたと言っても過言ではない、祖父が信頼していた者ばかりだ。

だから若いアンドラーシュに対し、時に厳しく、時に丁寧に教えを説いてくれる。

年寄りの教えを尊重する皇帝と、執務を任される長老たちとは本当に気心が知れていて、難しい政権統治も、最近は本当に問題なく遂行されていた。

「陛下、実は私の妻が以前から腰の痛みを訴えておりまして、セフィリア様に診てもらっているのですが、長年治らなかった痛みがいただいた薬草のお陰ですっかり改善して、本当に喜んでおります」

「そうか、よかったな。最近はあちこちから、そんな声を聞くようになった」

誰もが感謝の気持ちを伝えて話してくれるのだが、アンドラーシュはなぜか苦虫を嚙みつぶしたような顔になる。

「本当に腕のいい治療師さまで、評判も上々だそうですよ」

「……まぁ、俺も確かに誇らしいが、どうにも素直に喜べない。妙に気分が悪い」

どうやらアンドラーシュは、その感情を素直に認めたくはないようだ。

「あぁ、嫉妬しておいでなのですね？　セフィリア様は美しく聡明で、誰からも慕われておいでだから」

おそらく自分でもわかっていたことを言い当てられ、ますます気分が悪くなる。

完全に面白がっている様子の年配議員が部屋から出ていっても、どうにも腹立たしい。

「セフィリア…くそっ」

夜は従順に抱かれていて、最近ではいっそう敏感に愛撫に応えてくれて嬉しい限りだが、治療塔での話を訊き出そうとすると、いつも適当にはぐらかされる。

アンドラーシュ自身が最初、治療塔で危険なことがあったらやめさせる…と言ったせいだと予想はついていたが。

「エルネー、午後からセフィリアを俺の執務室に呼んでくれ」

「はっ、承知しました。それで、もし理由を訊かれたらなんと答えましょう?」

側近のエルネーもセフィリアの性格をわかっているから、先まわりすることを心得ている。

そしてアンドラーシュには、セフィリアを呼びつける理由がないことも薄々わかっていた。

エルネーの問いに少し考えを巡らせてから、アンドラーシュは答えた。

「決まっているだろう。治療塔の会計書類をここに持ってこさせろ」

「御意にございます」


エルネーから連絡を受けたセフィリアは案の定、いぶかしい表情を浮かべたが、皇帝の命令なら従う他はない。

診ていた怪我人の処置を他の看護師に任せると、馬車で急ぎ王宮に戻った。

正直、セフィリアはアンドラーシュの執務室に行くのが好きではない。

だからこれまでに訪れたのは、わずか二、三度ほどだ。

なぜなら、皇帝の政務室は妙に居心地が悪いからだ。

西側の壁は二万冊もの書架で埋め尽くされ、東側の壁には技巧を凝らせた漆塗りの棚が置かれていて、そこには高価な調度品が数多く飾られている。

他にも、床はすべて大理石だとか、鏡の枠には数万バルもするダイヤがはめ込まれているだとか…贅の限りを尽くした部屋。

だが実際は、そんなことが理由ではないのだが。

「はぁ…気が重いな」

扉の前に立って肩で深呼吸すると、セフィリアは扉を叩いてから入室した。

窓際に置かれた立派な机には多くの書類が積まれていて、それらに目を通す皇帝が顔をあげた。

「アンドラーシュ陛下、治療塔の会計書類を持ってきた」

手短に伝えると、アンドラーシュは背もたれの高い丈夫な椅子にドサリともたれかかって視線をよこす。

普段、居室で自分のそばにいる時の気のゆるんだ彼とは、明らかに表情が違っていた。

執務室には通常、側近のエルネーと秘書、そして侍女たちの姿がある。

正直に打ち明けると、セフィリアがここに来たくない理由がそれだった。

皇帝付きの秘書や侍女は、いずれも身分の高い高官や地方領主の娘で、とにかく器量がいい。

もちろん侍女だけでなく、アンドラーシュの周囲は衣装係や給仕係も美人ぞろいだ。

その理由は明白だった。

以前からアンドラーシュに正妃をと進言しているのは元老院の議員たちだったが、そばに仕える美しい女性を皇帝が気に入って娶るのを願ってのことだ。

どの侍女が正妃になってもいいよう、身分や容姿で選りすぐっている。

彼女たちは日中、常にアンドラーシュの執務室に隣接した部屋に待機していて、呼ばればすぐに身のまわりの用事を行った。

「セフィリアさま、わたくしが書類をお預かりいたします」

扉の前から動かないセフィリアの手から、美人だと王宮でも評判のピピンという侍女頭がそれを奪い取る。

特にこの、ピピンはどうにも苦手だ。

歳はセフィリアより少し若い程度で、豊満と呼ぶにふさわしい肉感的な体型をしている。

しかも、いつもきつい香水の香りを漂わせていて、彼女が通った場所はしばらく残り香が消えないほどだ。

そんな濃い匂いに酔いそうになるから、ピピンが苦手なのだろうか？

セフィリアは謎の胸のむかつきを、そう分析していた。

「アンドラーシュ陛下、書類をどうぞ」

己の番である男に書類を手渡すくらいのこと、自分でするのに。

そう思わずにはいられないが、セフィリアはあえて口にしなかった。

さらにピピンは書類をアンドラーシュに手渡す際、さりげなく腕に触れている。

セフィリアの胸のむかつきは、それを目にしてさらにひどくなった。

今まで不可解だった感情だが、ようやく今になって気づいてしまう。

この感情は、嫉妬なのかもしれないと。

アンドラーシュのそばで身のまわりの世話をする、美しい王宮の侍女たち。

罪人で妾の自分と違って、いずれこの中の誰かが正妃になってもおかしくないはずだ。

いや、よく考えれば妾は一人とは決まっていないわけで、皇帝の妾になりたいと思う者も多いだろう。

皆が虎視眈々《こしたんたん》とその座を狙っているのはわかる。

今の感情が嫉妬だとようやく気づいてしまい、セフィリアはさらに気分が悪くなった。

冗談じゃない、こんな感情！

思わず声に出そうになって、あわてて飲み込んだ。

自分がやきもきと刺々《とげとげ》しい考えを巡らせている間も、アンドラーシュは治療塔の会計書類に目を通している。

その姿を見てふと思ったが、こんな選《よ》り取《ど》りみどりの環境にあるのに、アンドラーシュはなぜ自分を妾にしたのだろう？

そして今も、どうして自分に執着するのか？

セフィリアはその理由を、自分たちが『運命の番』だったからかもしれないと考える。

この関係は非常に厄介で恐ろしい。

たとえ好きでなくても、運命の番ならば、相手から肉体的に離れられない。

本当に切なすぎる。

それにセフィリアは正直今も、自分を犯罪者にしたアンドラーシュを許せないでいた。

「セフィリア、俺のそばに来て説明しろ。いいか、治療塔は無料奉仕の場所ではないんだぞ。おまえが通い始めてから、ますます経費がかさんで赤字になっている」

収支のことを指摘されるとわかっていたから、あらかじめ答えは用意している。

だが、そこにエルネーが割って入った。

「お話し中失礼します、アンドラーシュさま。実は今、セガール地区の領主が通行税率の件で指示を願いたいと申していますが…」

セフィリアはすぐ脇に下がった。

「わたしはあとで結構です」

「ではすぐに通せ」

領主は緊張した面持ちで入ってきて、まずは丁寧な挨拶から始まったが、

「わかった。挨拶はいいから端的に話せ」

アンドラーシュは領主の話を聞きながらも、通行税の配分票に目を通す。

セガール地区は海に面した隣国との境界に位置し、ドモンコス帝国が莫大な費用と労働力を投入して両国間に広い公道を開通させた。

おかげで新鮮な魚介類が早く市場に並ぶようになって貿易が活発化し、双方に大きな利益をもたらしている。

「これでは税率が低すぎる。二国間の公道工事には五万バルの費用がかかっているんだ。通行税は今の二割増しで交渉しろ。いやなら今までの山道を通れと言って撥《は》ねつけていい」

「はっ、御意にございます」

アンドラーシュは他にも細かな質問を受けたあと、的確な指示を出す。

わずかの時間だったが、その差配は狡猾《こうかつ》で的を射ていて、彼が噂どおり有能な皇帝なのだとわかった。

こんな時、どうにも感情が揺れてしまってセフィリアは困る。

政務を着々と進める若き皇帝をそばで見ていれば、惹かれずにはいられないだろう。

二人の話に思わず聞き入っていると、ふと刺すような視線を感じた。

侍女頭のピピンがこちらを凝視していることに気づく。

彼女はいつも値踏みするような視線を送ってくるが、今日はあまりに敵意剝き出しでいやになる。

話を終えた領主が出ていったあと、ピピンが甘い声でアンドラーシュの耳元に囁いた。

「陛下、少し熱くなって参りましたので、上着をお預かりしましょう」

「あぁ、そうだな」

アンドラーシュの背後にまわると、彼女はさりげなく身体をすりつけながら、服を脱がせた。

ピピンが自分を挑発しているのは明らかで、セフィリアの中に、また厄介な嫉妬という感情が起こってむなしくなる。

アンドラーシュはわたしの番なのに、気安く触るな。

そんな警告が唐突に脳裏に浮かんでしまって、セフィリアは息を飲む。

あぁ、わたしがこんなくだらない思考にさいなまれるなんて…情けない。

できればアンドラーシュを憎み続けていたいのに、どうしたってできない。

彼を許せないと思っているのに、日々の暮らしの中で彼は婚姻式の誓約どおり、自分をとても大切にしてくれる。

だから、セフィリアの中で彼を憎みたい気持ちと許したい気持ちがせめぎ合っていた。

わたしはいったい、どうすればいい？

すべては、自分たちが番だからだろうか？

好きじゃなくても、番だから愛してしまう…だが、本当にそれだけか？

ならば、アンドラーシュも自分と同じということになる？

優しくしてくれるのは、わたしが番だから？

わたしを好きでなくても、番だから愛してしまう？

だとしたら、番とはなんと残酷な繋がりなんだ…。

「セフィリア、セフィリア。聞いているのか？」

「え？　あぁ、すまない」

すっかり他のことを考えていた。

「ぼんやりするな。おまえが通うようになってから、治療塔がいっそう赤字になった理由を話せと言っている」

アンドラーシュは、わかりきったことを訊いてくる。

「それは、治療費を払えない者が多いからだ。貧しい民にも平等に治療を受けさせてやりたい。赤字を解消しろと言うのなら、わたしに与えられている遊興費をそちらにまわす。それが許されないのなら、衣装部屋にある高価なドレスや宝石を売ってでも治療を続ける」

アンドラーシュは会計報告書を、机上にバサリと置いた。

「ふぅ、セフィリア。おまえという奴は…」

「賢い皇帝陛下どの。採算というものは、すべての事業で儲《もう》けが出なくてもいいはずだろう？　さっきの通行税で儲けた分、治療塔では利益が出なくてもいいじゃないか？　皇帝が貧困層に寄り添う姿勢を見せる方が、長期的な政治戦略としては得策だと思うが？」

セフィリアはあえて、収支に徹するアンドラーシュの主義に合わせて答えた。

彼に対しては、情に訴えても無駄かもしれないと算段したからだ。

実際に現場で働いている治療師たちは、皆仕事に熱意を持って取り組んでいて、給金の額で態度を変えるような者はいない。

彼らのためにも、ここは上手く立ちまわらなければ。

「貧困層は国民の三割を占める。むしろ治療塔の設備を拡充し、皇帝直轄の治療塔だと銘打った方がいいのではないか？　幸い、治療師は優秀な人材が集まっている。先日は村で伝染病が出たが、すぐに消毒液を撒《ま》いて患者を隔離して被害の拡大を防いだ。消毒や洗浄に多額の費用は費やしたが、伝染病で大勢の国民が亡くなれば、国家の重要な労働力を失うんだぞ？　そう考えるなら、もう少し治療塔に予算を割いてくれてもいいはずだ」

「とんだ戯言を！　おまえは赤字を正当化するだけでなく、さらに俺に予算を増やせと要求するのか？　ふぅ……本当に、ただでは転ばない奴だな」

そんなふうに文句を垂れながらも、どこかアンドラーシュは嬉しそうだった。

「だが、確かにセフィリアの論理は理に適《かな》っている…」

セフィリアの凛とした瞳は揺るぎなく、一歩も引く気がないことがアンドラーシュにもわかっていた。

「わたしの妻は賢くて困る。それに、饒舌《じょうぜつ》で人を口説くのが上手いな」

「待て、いつわたしがっ…！」

妻になったのだと訊きかけて、セフィリアは言葉を飲み込んだ。

「アンドラーシュ、頼む。治療塔の予算を増やしてくれ。薬が足りないし、人手ももっと欲しい。その代わり、わたしの遊興費は一切いらないから」

アンドラーシュは膝を打って立ちあがった。

「遊興費がいらないとは、本当に変わった奴だ」

「必要ない。治療塔での仕事がわたしにとっては生きがいみたいなものだからな」

多少の誇張はあったが、大方は本心だった。

「ふう…おまえには負けた。予算は増やしてやるから薬も治療師も増やせ」

アンドラーシュの手から書類が戻されると、セフィリアはようやく笑みを見せた。

「ありがとう。アンドラーシュ」

「あと、治療塔の施設を拡充するため、工事関係の責任者を明日、そっちに向かわせるから増築の話をしろ。二万バルまで捻出してやる。収容できる病人の数を今の倍にしろ」

皇帝の言葉に、セフィリアは目を見張った。

「え！　二万バル？　あぁ、それならば、数が足りていない治療師を育成する費用まで出せる。あぁ、ありがとうアンドラーシュ！　これで多くの命が救われることになる」

まさかそこまで要求が通るとは予想外で、セフィリアは心からの感謝の言葉を述べ、敬愛の意味を込めて彼の手を両手で強く握りしめた。

「多くの国民に成り代わり、わたしが皇帝陛下に感謝を申し伝える」

晴れ晴れとした輝く笑顔を見せられて、とたんにアンドラーシュの顔つきが変わった。

「セフィリア。おまえ……そんな嬉しそうな顔を、俺に初めて見せたな」

え？　どういうことだ？　意味がわからない。

「わたしの…どんな顔だって？」

「普段の俺には見せない、とてもいい笑顔だった」

「そんなっ。わたしはいつも、あなたに対して曇り顔をしているとでも言いたいのか？」

「そうは言わない。だがそんな笑顔を見せられるなら、せめて夜、俺と寝台の上で愉しんでいる時も、もう少し嬉しそうにしてもらいたいものだな」

飄々と夜の話をするアンドラーシュに、セフィリアは飛び上がるほど驚いた。

「なっ、なにを言っている」

こんな場所で、しかも他にも人がいるのに、二人の夜の話をするなんて最低だ。

「嘘は言っていないぞ？　おまえは俺に抱かれる時、最初はいつもつれない顔をするじゃないか。それも長くは持たないがな」

一気に頬が熱くなる。

「下品なことを言うな！」

「性交の話が下品だというのか？　ずいぶん清廉な妾殿だな。だがどうした？　そんな赤い顔をして。上品ぶっているが、夜のことを想像して俺が欲しくなったのではないのか？」

「その口を閉ざせ！」

「こんな昼間からいやらしい奴め。だが幸い、おまえの期待に応えてやれないこともない」

絶倫の主をその気にさせたら当然ろくなことにならないのは、毎晩いやというほど思い知らされている。

「アンドラーシュ、邪魔をして悪かった。政務が忙しいだろうからもう退散する」

即座に背を向け、急いで扉に向かったが。

「セフィリア。ここに来い」

呼び止められて、仕方なく足を止めて振り向く。

「もう話は終わっただろう？　仕事に戻りたいんだ」

「いいから、こっちに来い。これは命令だ」

アンドラーシュの瞳は、もうすでに欲望に濡れていた。

厄介なことになったとセフィリアがため息を吐き落とすと、案の定、アンドラーシュの傍らに控えていたピピンが、敵意剝き出しの視線をよこす。

こういうことが、一番わずらわしい。

以前、セフィリアの侍女が話してくれたことだが、自分がアンドラーシュの番にされなければ、ピピンが妃候補に挙がっていたらしい。

「セフィリア、早くここに来い」

アンドラーシュの寵愛《ちょうあい》が欲しいなら、わたしは止めないのだから勝手に奪えばいい。

だが、セフィリアがそう考えた次の瞬間には、
もしもこのわたしから、アンドラーシュを奪えるものならばな。

と、自分でも驚くほど強気な感情が脳裏に浮かんでしまい、絶望した。

セフィリアは自身の本心に驚いて眉をひそめたが、仕方なく命令に従って、彼のもとに歩み寄る。

「アンドラーシュ、なんでも自分の思いどおりになると思うなよ」

「そうか？　俺はなんだって思いどおりにするさ。おまえは俺の番だ。思いどおりになら

なくてどうする。さぁ、ここへ来い！」

セフィリアは仕方なく、窓際に置かれた椅子に座するアンドラーシュの傍らに立った。

「さぁ、膝に乗れ。可愛がってやる」

そのまま腕を摑んで引き寄せられ、彼の腰をまたぐように膝の上に対面で座らされる。

「ちょっ。なにをする！　まさか…っ！　嘘だろう？　こんな場所で、よせっ！」

だがアンドラーシュは、さも愉しそうに笑った。

「ここは俺の政務室だし、ひいてはここは俺の国だ。そしておまえは俺の番。国王が自分の番を抱くのに、いったい誰に遠慮をする必要がある？」

「アンドラーシュ！」

「俺に抗うな！　いつも言っているだろう？　抵抗されると、男はよけいその気になる。さぁセフィリア、いい声で啼けよ」

冗談ではない。この政務室には今、エルネーと三人の侍女がいる。

ここで抱かれるなんて絶対にいやだ。

あまりの怒りで、セフィリアが上目遣いに睨むと、

「なんだ？　俺を誘っているのか？」

と言われ、とんだ勘違いに頭が痛くなった。

「違うっ！　アンドラーシュ、頼むからこんなところで…っ、ん、ぅ」

頬を両手で挟まれ、いきなり貪《むさぼ》るような勢いで唇を奪われる。

背中には逞しい腕が巻きついて、逃げるどころか、身動きさえ叶わない。

皇帝とセフィリアとは相当な体格差があるし、アルファの体力も腕力も段違いだった。

「待ってくれ、アンドラーシュ！　ぁん…ふ」

長い舌が突き入れられ、やわらかな頬の内側の肉を我が物顔で舐めつくされる。

浅く早くなった呼吸さえ奪うような、荒々しい口づけ。

一度離れて深く息を吸うと、今度は角度を変えて重なり、何度も唇を食まれた。

セフィリアは息も絶え絶えにただ頬を染めあげ、主の蛮行を受け入れさせられている。

そして侍女たちは、二人の濃密な口づけを見せつけられ、泡を食ったような様子だった。

なぜなら…。

クーデターで政権が転覆し、アンドラーシュが皇帝の座に就いたあと、彼はひたすら政治に邁進してきた。

だから色恋ごととはほど遠いところにあって、それでも肉体の飢えを満たすため、宴席で舞台に立つ踊り子や歌姫を抱くことは稀にあった。

だがアンドラーシュが相手に求めるのは性交だけで、口づけをしたなど、一度も聞いたことがないからだ。

唇を交える行為は、相手が大事で、愛情がなければできない。

だからアンドラーシュが執拗にセフィリアの唇を求めることに、侍女、特にピピンは激しい嫉妬を覚えていた。

「アンドラーシュ！　もぅ…いい加減に離して、くれ。仕事に…戻ら、ないとっ」

セフィリアは離せと訴えながら、それでも両手は男の髪を優しく掻き乱す。

ちぐはぐな行動に気をよくしたのか、節の高いアンドラーシュの手がセフィリアのシャツの合わせを開き、素肌を露わにする。

「あ…っ？　なっ！」

「そろそろ堕ちろ、セフィリア」

口づけの合間、セフィリアが気づかないうちにシャツのボタンが器用に外されていたようだ。

セフィリアはあわてて男の両肩を押して距離を取ろうとしたが、逆に腰にまわされた腕でぐっと引き戻される。

すると、すでに反応しているものがアンドラーシュの波打つ腹筋に押しつけられ、鼻で嗤われた。

どれだけいやがってみせても、身体は求めていると知られたことが恥ずかしくてたまらない。

ククッと喉声が聞こえると、いたたまれなくてきつくまぶたを閉じた。

アンドラーシュはセフィリアの腰に両手をまわして支えているから、彼はその高い鼻頭でセフィリアのシャツを左右に分け、顔を埋めてくる。

「あっ…だめっ！」

いきなり胸の突起を舌でぞろりと根元からねぶられて、背中がビクンと反り返った。

「おっと、危ないな。シャンとしてろ」

わざと唾液を含ませ、大きな音を立てて赤く熟した乳頭を舐め転がしては吸われる。

ぴちゃ、ピチュっ。ちゅっ。

「あ！　いや…ぁ、ぁん…だめっ」

卑猥な水音に、セフィリアの甘やかな喘ぎが重なった。

アンドラーシュは充血して尖った乳首の感触を愉しむように、やんわりと噛んでくる。

「ひぁ…っっ、いやぁぁっ」

またしても背中が反ると、自然と胸を前にせり出す格好になってしまった。

「なんだ？　ここをもっと味わって欲しいみたいだな？」

「ちがっ。あ、あぁぁ。だめっ、もぉそこ…いやだぁ」

拒絶を訴えると、アルファの雄々しいペニスがズクンと脈打ったのがわかる。

「セフィリア、おまえは本当に男をそそる。たまらない」

アンドラーシュの腰をまたいで座らされているセフィリアには、恐ろしいほど勃起したペニスの存在が布越しに感じられ、恐れと興奮から瞳が潤んでしまう。

やがて両の乳首が唾液まみれになる頃には、セフィリアはほとんど陥落していた。

「気づいているか？　おまえが漏らしたみたいに、俺の膝が濡れているぞ？」

「いやだっ！　言うな、言わないでくれ！」

腰帯を解かれ、軽々と尻を浮かされると、ゆったりとした下衣を強引に脱がされた。

「あ、よせっ！　いやだっ」

幸い、長めのシャツが尻を隠してくれているが、ほっそりとした白い足があまりになまめかしく、目を背けようとしていたエルネーもたまらず息を飲む。

「さぁ、俺を満足させてくれよ。そして、おまえの主は俺だということを思い知れ」

なめらかな肌を味わうように、大きな掌が膝から腿《もも》へといやらしく撫であげていく。

「ぁあ。ぁ、ん、ぃやぁ…っ」

「おいセフィリア、昼間っからこんなびしょびしょに漏らしているくせに、今さら聖人ぶるのはやめろよ」

大きな掌が、尻の丸みを残酷なほど大胆に揉みしだいている様子が、薄いシャツ越しにもわかる。

愛撫に応えるようにして、細い身体がビクビク震える姿はあまりに卑猥すぎた。

「た…頼む、からぁ…っ、アンド…ラーシュ、人払いをっ…」

セフィリアは赤くなった顔を隠すため、逞しい肩口に顔をすりつけて声を震わせる。

「なんだ？　聞こえないぞ」

きゅっと血が出るほど唇を噛んで訴える。

「後生だから…人払いを、してくれっ」

侍女やエルネーに見られていると思うと、気が変になりそうだった。

遠慮のないピピンの視線は特に刺々しい。

「人払い？　できない相談だな。昼間はいつも俺につれない態度のおまえが、夜にはどれほど従順に俺に靡《なび》いているのかを、皆に見せつけてやろうじゃないか」

アンドラーシュがズボンの前をくつろげ、そこから怖いほど勃起した怒張を抜き出した。

一般的にアルファの陰茎は、ベータやオメガには想像できないほど立派で、根元には返しがついていて、一度挿入すると簡単には抜けない構造になっている。

だからセフィリアも、一度挿れられたら最後、抜かずにそのまま何度も射精されることが通常だった。

現れたアンドラーシュのペニスは血管をびっしりまとい、早くセフィリアの中に挿れさせろと訴えるかのように、先端からドクドクと濃い蜜を垂らしている。

「やめてくれっ…後生だから、アンドラーシュっ…ぁ、だめ、あ…ぁん」

二人の腰の間に隠れているから他から見えにくいが、それは挿入のほんの一瞬だけ、侍女たちの目にさらされた。

　彼女たちの息を飲む音が聞こえてくるようで。

「アンドラーシュ！　よせっ、頼むから。こんなことっ…ぁ、ひぁぁぁっ…っ！」

　尻を持ちあげられたセフィリアは、残酷なまでに容赦なく、巨大なペニスの上に下ろされていく。

　ゆっくりと穿たれながらも、セフィリアは甘い悲鳴を放った。

「ぁあんっ…ぅぅっ！」

　濡れた蜜壺は物欲しげにペニスを誘い込み、本人の意思に反して媚びるように締めあげる。

「くっ…たまらないな。おまえの中は、何度挿っても最高の相性だ」

　濡れた粘膜は熱く絡んでくちゃくちゃと卑猥な音を奏で、さらにアンドラーシュを興奮させた。

　まわりからの視線を感じているセフィリアは、声を殺そうと必死になって手で口をふさぐ。

「ん、ぅぅ…く…っ…」

　だが自分の体重もあって、易々と最奥を抉られたことで腰がビクンと跳ねあがった。

「ふふっ、仕方のない奴だな。だが口をふさぐな。おまえのいい声が聞こえない」

アンドラーシュは懸命に唇を覆っているセフィリアの指に、そのまま舌を這わせ、指先から谷間までをいやらしく舐めまわす。

「やっ、よせっ！」

思わず覆っていた唇から手を外してしまったセフィリアに、アンドラーシュは声高に命じた。

「さぁ、羞恥にまみれたまま、俺の上で存分に躍るがいい！」

傲慢な命令を浴びせられているのに、肉体は甘ったるい興奮に打ち震えた。

肌を合わせることで気持ちが深まることなどないと思いたいが、それを否定もできない。それほど、この男に情が移ってしまっている。

「さぁ、いくぞ」

一見、余裕があるように見せているが、実はアンドラーシュもひどく飢えているのが誰の目にもわかった。

美丈夫の大きな手で尻を掴まれたまま、セフィリアは面白いように上下に揺さぶられる。

「ひぁ！　…ぅぁぁっ」

下からガツンガツンと突きあげられ、セフィリアは両手で目の前の太い首根にすがりついて声をあふれさせた。

媚びるように締めつける内壁を、アンドラーシュは立派に張ったエラで刮《こそ》ぎながら、闇

雲に中を掻きまわす。

室内に、いやらしい淫音が響き渡る。

「ぃやっ！　だめだ、そこっ…やぁ」

緩急をつけ、わざと焦らしながら時折前立腺を抉ると、セフィリアは狂ったように髪を振り乱してのけ反った。

互いの快感が共鳴して、それが増幅するように興奮が二人を覆いつくす。

「アンドラーシュ、アンドラーシュ！」

びしゃびしゃに濡れた中が、延々と淫らな音を奏で、際限なく速まる律動にセフィリアの瞳の焦点が合わなくなってきた。

「ぁあ！　ぁ…だめ。あん、ぅぁあっ」

瞳の表面に涙の膜が張ってしまうと、アンドラーシュは突然動きを止めて額を合わせ、凛とした声で突然告げた。

「セフィリア、おまえがいれば俺は正妃などいらない。覚えておけ」

おそらく、部屋にいた侍女たちの耳にも届いてしまっただろう。

アンドラーシュはなぜ、このタイミングでそんなことを言う？

脳裏に疑問が浮かんでも、すぐに激しく揺さぶられてなにも考えられなくなる。

「セフィリア！　他のことを考えるな。俺に抱かれている間は、俺のことだけを考えろ！」

待ってくれ。それはひどい誤解だ。

「あ、ちがっ…ぅ、んぁぁっ！」

自分はただ、アンドラーシュのことを考えていただけなのに…！

根元までくわえ込んだペニスが最大限に勃起し、熟れてどろどろに蕩《とろ》けた媚肉をこすりあげた。

そして、狙いすましたように前立腺を抉る。

「あぁぁ！　そこ、だめっ！　もぉ…だめぇっ」

後孔からは、ぬめった愛液が延々と滴り続けていた。

「なにが、だめなんだ？　セフィリア。さぁ、そろそろ中に出すぞ！」

口を丸く開け放って目を見開いたセフィリアの目尻から、透明の涙が転がり落ちる。

自ら腰を浮かせて抜こうと躍起になっても、アルファの雄茎の根元にある返しが引っかかって、当然ペニスは抜けなかった。

「あぁっ、ぅ…ぁ、んぁああっ！」

その動きを罰するようにして、さらにセフィリアは気が狂うほど激しく突きあげられる。

ついには両手で首根にしがみつき、振り落とされないよう足を腰に絡みつけた。

「セフィリア、セフィリア」

甘く優しい声でなだめるように名を呼びながらも、行為は逆に激しさを増していく。

感じすぎて桃色に染まった綺麗な指先が、快感に痙攣しているのが見て取れた。

「やぁ…、もぉっ。あぁ…ぁぁあ」

アンドラーシュがうめくような咆吼をあげた時、彼は鈴口から大量の精液を噴きあげて、セフィリアの孔の奥に叩きつけた。

「ひぁぁ…ぁぁぁ！　熱い、熱いっ…中が、熱い」

襞の一枚一枚がアンドラーシュの雄に媚びるように密着して絡んで、ぎゅっと収縮する。

まるで精を搾り取るかのようだと感じて、アンドラーシュはひどく満足を得られた。

一方、ピピンや従者たちは、目を背けることもできずにその場に立って、二人の行為を傍観していたが。

「あぁ、すまない。セフィリアに夢中で忘れていたようだ。しばらく外に出ていてくれ」

アンドラーシュはまるで今気がついたように、ようやく人払いをする。

「……はい、承知しました…」

そして、君主の命じる声でハッと我に返ったエルネーもまた、急いで退室していった。

「大丈夫か？　セフィリア」

息を整えようとすると、またアンドラーシュが動き出して、さすがのセフィリアも相手を牽制した。

「もう、よせ！　いい加減にしろ」

「なにを言っている？　俺はこのまま、もう二、三度はできるが？」

彼の性交がとにかく長いことは、日々の夜の行為で熟知している。

下肢はまだ繋がったままで互いの息は荒いが、セフィリアは嗄《か》れた声で訊いた。

「アンドラーシュ、なぜだ？　どうして……こんな、ひどいことをする…」

「なんだ？　よくなかったのか？」

「……そうは言ってない！　だが…こんなこと、あんま…り、だ」

萎えない雄で穿たれたままだから、セフィリアの声は小さく甘い。

「恥ずかしがるな。おまえは俺の妾なのだから、これも仕事のうちだ」

「なぜ、今ここで…、人前で…抱く、必要が…あったんだ！」

セフィリアの思いを知り、アンドラーシュは答えた。

「番としての関係がどれほど強いのかを、俺は侍女たちに知らしめたかったんだ」

「え？　そんなことの…ために？　信じら…れ、な…っ。あ、動く、なっ…っ」

わずかに動かれるだけでも快感が伝わる。

どうやらアンドラーシュは、セフィリアがどれほど恥ずかしかったのか、わかっていないようだ。

「ピピンは優秀な侍女だが、なにかと俺に色目を使ってくる。だが仕事に集中してもらわないと困るんだ。俺はセフィリアだけしか抱かないとわからせるためにも、今日はいい機会だと思ったからだ」

セフィリアは甘く胸が疼きだすのを押し隠す。

「はっ？　わたしを抱くことで、侍女たちを牽制したというのか？」

彼がククッと嗤うと、刺さったままの竿がまた大きくなって、セフィリアは息を詰めた。

「それもあるが、まぁ正直なところは、俺が一刻も早くおまえを抱きたかったからに決まっている。なぁセフィリア、さっきの恥ずかしそうな顔は本当に絶品だったぞ」

「馬鹿を言うなっ！　ぁあっ…アンドラーシュ、もぅっ…っ、大きく…するな。そろそろ抜いてくれ。なぜ…いつも射精したあとも、いつまでも…わたしの中に、いるんだ？」

すでに大量の精を注がれたのに、アンドラーシュはまだ出ていかない。

しかもこれはよくあることで、前から訊いてみたかった。

「あははは！　そんなこともわからないのか？　おまえが孕《はら》むためにしているんだ。せっかく注いだ精子が漏れ出てこないよう、俺が栓をしてやっているんだよ」

「なっ！　なにを言っている！」

羞恥で顔から火が出そうだったが、そんな理由だったなんて知りもしなかった。

「セフィリア、早く俺の子を孕め。そうすればおまえも俺に少しは情が湧くだろう？　好かれていないことはわかっている。だが、せめて俺を憎まないでくれ」

アンドラーシュの言葉にあまりに驚いたせいで、最初は返す言葉すら見つからなかった。

「なぜ…そんな、女々しいことを言う？　どんな美女も思いどおりにできるのに、まさか…このわたしに、愛して欲しいとでも言うのか？」

中に埋まった雄は一向に萎えなくて、セフィリアの息は浅い。

「おまえが今も俺から逃げたいと考えているのは知っている。だがもう俺の番なんだ。俺から離れたら生きていけないことを忘れるな」

その言葉を聞いて、今度は急に胸の裏側が痛くなる。

正直なことを言うと、今のセフィリアはもう、彼と離れたいとは思っていない。

自分の真意を、アンドラーシュは見抜けていないのかもしれない。

「……すまない」

「だが、セフィリアが孕んで、俺たちのややが生まれたら、おまえはもう俺から離れられない」

「アンドラーシュ、なぜそう思う？」

「おまえは人が好きだし、特に子供が好きだからだ。自分の子を放って逃げることなんてできないだろうからな」

図星だった。

彼らしくなく気弱な真相を吐露するアンドラーシュだったが、セフィリアはすでに彼を許していると自覚していた。

番とはそういうもので、自然と惹かれ合うようにできている。

おそらくこの感情は、運命の番の為せるわざなのかもしれないが、どうしても彼を憎めない。

なのに、アンドラーシュのこの自信のなさはどうしたことだ？

セフィリアを強引に奪ったことで、今もずっと憎まれていると思い込んでいるようだ。

「わたしにも言わせてくれ……アンドラーシュ、あなたはいずれ、わたしのものではなくなるから…っ」

だからセフィリアも、正直な胸の内を打ち明けた。

「どういう意味だ？」

「アンドラーシュがいずれ正妃を娶ったら、わたしはお払い箱だからだ」

一瞬にしてアンドラーシュの顔色が変わった。

「おまえ、まさか……そんな心配をしていたのか？」

「……心配など、していない」

罪人の汚名を着せられたまま、身も心も彼に染まってしまうのが怖い。

こんなに惹かれているのに、いつかは捨てられて忘れられるなんて、想像もしたくなかった。

「勘違いするなセフィリア！　俺はおまえ以外、誰とも番うつもりはないし、他に妻など絶対に娶らない」

それが口先だけの優しい嘘かもしれないとわかっていても、都合のいい自分は、彼の真摯な言葉に心が晴れていくような気がした。

ああ。わたしはもう、アンドラーシュを愛しているのかもしれない。

強引に番にされたが、日々彼に愛情を注いでもらっているし、なによりも大事にされていると感じるからだ。

だが、どうしても自分に暗殺の嫌疑をかけて拉致し、無理やり番にされた事実は消せなくて、だから彼を許せない気持ちも潜在している。

今はアンドラーシュの妾という立場にあっても、罪人という嫌疑は晴れていない。

「さぁ、もう充分な子種を中に注いでやったから、そろそろ解放してやる」

両脇に手が入って身体を浮かされると、まだ雄々しいままのペニスがズルリと抜けた。

「あぁぁっ」

急な動きに中が痙攣してしまったが、ゆっくり床に下ろされたにもかかわらず、セフィリアは膝から崩れ落ちた。

「おいおい、足が立たないほどやった覚えはないぞ？　しっかりしろ。今晩また何度も抱いてやるからしゃんとしていろ」

セフィリアは唇を噛んで恥ずかしさを滲ませながら、落ちている服を拾って、身なりを整える。

「そうだセフィリア、来週になると思うが、一度治療塔の内部を見せてもらおう」

まだ息は整わなかったが、その一言でセフィリアの表情が明るくなった。

「本当か？　あぁ、わかった。いつでも訪ねてきてくれ。皇帝陛下にこそ、今の施設の現状を見て欲しい」

仕事の話になると急に活《い》き活《い》きとするセフィリアに、アンドラーシュは苦笑いを浮かべる。

「では、わたしは仕事に戻る」

襟を正したセフィリアは、あくまでも平静を装って政務室をあとにした。


「陛下…」

セフィリアと入れ替わるようにして入室してきたエルネーは、苦虫を噛みつぶしたような表情のアンドラーシュを見てため息を落とす。

「なにも言うな…わかっている。セフィリアのことになると、俺は我を忘れてしまう」

エルネーはアンドラーシュの密偵としてバレリア王国に潜入していた時、王太子にも仕えていたため、セフィリアのこともよく知っている。

だから二人のこと、そしてこの不器用な皇帝のことを心底心配している。

「アンドラーシュ陛下。セフィリアさまに、いつまで真実を隠しておかれるおつもりですか?」

「いつまで? 俺はセフィリアに打ち明けるつもりは毛頭ない。あいつを悲しませたくはないからな」

皇帝は視線を合わせずに答える。

「ですが…」

「それに…もし真相を話せば、あいつは俺のそばからいなくなってしまうに違いない。だから、今はまだ話せない」

エルネーは、こんなふうに弱音を吐くアンドラーシュをあまり見たことがなかった。

「それは、セフィリアさまを助けるために致し方なかったのですから、正直にお話しになればよろしいかと」

「……許してくれなければどうする? 俺は、この国に来てからもセフィリアにひどいことをした」

「罪人として拉致したのですから、王族や国民の手前、あのような対応を取られたのでしょう？」

だがアンドラーシュはめずらしく、煮え切らない様子で口を閉ざす。

「では、いつお話しになるのです？」

「それは…セフィリアが俺を本当に愛してくれるようになるか、それとも、枷ができれば…」

「枷…？」

皇帝のことはなんでも理解していると自負していた優秀な側近であるエルネーだが、どうやらそうではなかったようだ。

「セフィリアに、ややができれば、あいつはドモンコス帝国を絶対に離れないだろうからな」

目を見張ったエルネーは、なにかこの場にふさわしい言葉をと探したがあきらめた。

「…陛下は最低ですね。とお伝えすれば、わたしの首を撥ねますか？」

「いいや。おまえの言うとおり、俺は最低な男だ」

皇帝のいつになく殊勝な態度に、エルネーは両肩を軽く上げると、御意とだけ伝えて執務室を出ていった。

◆5◆

治療塔での一日は本当に忙しい。

それでも最近のセフィリアたち治療師は、以前にも増して活き活きと仕事に邁進している。

それも、アンドラーシュ皇帝が国家予算を拡充し、施設を増改築し、設備にも多くの費用を割り当てると約束してくれたからだ。

ようやく患者たちに充分な治療ができると、誰もがそれを励みに仕事をしている。

ここ数日、セフィリア自身は体調がすぐれなかったが、多忙な治療師の仕事を休む気にはなれず、無理を押して働いていた。

「セフィリアさま、息子がお世話になりました。ありがとうございます」

一ヶ月前、足首を骨折して治療塔で診ていた男の子が、ようやく杖《つえ》をついて歩けるようになって、今日は家に戻ることができる。

骨折したときは痛みで泣いて手がつけられなかったが、今は嬉しそうにセフィリアを見あげて笑っていた。

「これね、お見舞いでもらったお花だよ。セフィリアさまにあげる。治してくれてありがとう」

まだ五歳のシドは、幼いながらも懸命に感謝を伝えようとしてくれて、セフィリアは退院の時が一番嬉しいと改めて喜びを噛みしめる。

「よかったな。でももう無茶をしないように気をつけるんだぞ。それから、お母さんの手伝いもしてあげるようにな」

「うん、わかってる」

治療塔の前に止まっている馬車は、運搬用の荷台を馬に繋いだだけの粗末なものだが、母親が仕事先から借りてきたようだ。

「さぁ、シド。先に乗っていて」

息子を荷台に乗せると、母親は声を潜めた。

「セフィリアさま、本当に感謝しております。それであの、治療代のことですが…」

貧しい母子に、高額な治療費や薬代などが払えるわけもない。

「いいんだ、気にするな。いつか、払えるようになったら薬代だけでも持ってきてくれ。

そうすればまた他の病人が助かるから」

「お恥ずかしい…でも本当にありがたいです。このご恩を忘れず、お給金から少しずつでも持ってきますので」

「いつでも構わない」

母親は涙を浮かべる。

「なんとお礼を言っていいのか…」

恐縮する母親を安堵させるように、セフィリアは温かい言葉をかけ続ける。

「いいんだ。それに、これはわたしだけではなく、陛下のご意向でもあるんだ」

そう伝えると、母親は目を丸くして頭を下げた。

「ありがとうございます。アンドラーシュ陛下の政権になってからは暮らし向きがよくなって感謝していましたが、正直、怖い方だと思っていました」

忌憚《きたん》のない意見に、セフィリアは思わず噴き出す。

「あはは、確かにそう見えるかもしれないな。だがアンドラーシュ陛下は弱い者に寄り添う優しいお方だよ。人は見かけによらないんだ」

セフィリアが片目をつぶると、母親もつられたように笑った。

そのとき、二人の様子を離れたところから見ている者があった。

偶然にも、今しがた治療塔の視察のため、馬で訪れたアンドラーシュだ。

彼は二人の会話を少し離れたところから聞いていたが、少なからず驚いていた。一度も自分を褒めたためしのないセフィリアが、皇帝としての功績を、称えてくれていたからだ。

アンドラーシュは妙に心躍るような心地で二人を見守っていたが、エルネーと共に治療塔の門をくぐっていく。

だが、その時だった。

悪戯《いたずら》好きなシドが荷台で鞭を振りまわし、それが偶然にも馬車を引く馬の尻に当たってしまう。

突然、馬がいななき、前足を大きく蹴りあげて跳ねた。

「あっ！」

母親は血相を変える。

セフィリアは急いで馬の手綱を掴んだが、暴れて制御できなかった。

「仕方がない！」

とっさに地面を蹴って勢いよく馬にまたがったセフィリアだったが、荷馬車の馬は人が乗るようにできていない。

鞍も鐙《あぶみ》もついていない馬には、荷台を繋ぐ簡素な牽《ひ》き具の綱が渡されているだけで、ひどく乗りにくかった。

セフィリアが何度も手綱を引いて止めようとしても馬は言うことを聞かず、ついに少年を乗せた荷台を牽いたまま走り始めた。

治療塔の前にある道路は城下街の市場まで続く大きな通りで、いつも賑わっているそこを馬車が突っ切っていく。

「どう！　どうっ」

セフィリアは馬をなんとか制御しようと試みるが上手くいかず、うしろを振り返った。

「シド、大丈夫だから。荷台の端に掴まって身体を低くしているんだ」

そう叫ぶと、シドはすぐに言われたとおりに身を伏せた。

「すまない！　道を空けてくれ。危ないから逃げるんだ」

街道には多くの民衆があふれていて、セフィリアは大声で警告を発しながらも、なんとか人混みを縫うように手綱を操っている。

「どうどう！　止まれ。止まるんだ！」

馬の背を撫でてなだめようとしても、火がついたような馬はすでに制御不能だった。

「みんな、急いで逃げてくれ！」

セフィリアの声に気づいた人々は、あわてて右に左にと逃げて、なんとか前に道が開ける。

「今のは…セフィリアさま？」

「あれはセフィリアさまだ！」

暴走した馬の手綱を握っているのが、アンドラーシュの番のセフィリアだということに、人々はすぐに気がついた。

「だめだ。これはもうっ」

馬の制御をあきらめたセフィリアは即座に腰から短剣を抜き、馬の胴体に取りつけてある牽き具の綱を摑んだ。

これを切れば、馬と馬車は切り離せる。

「シド、今から綱を切る。しっかり摑まっていろよ」

少年にそう叫んだセフィリアは、短刀を振り下ろして一気に綱を切断した。

馬に繋がれていた荷台部分は、そのまま徐々に勢いをなくしてゆっくりと止まった。

市場に集まっていた人々が急いで馬車に駆け寄り、子供を抱きあげてくれる。

その様子を振り向いて目視したセフィリアはひとまず安堵したが、乗っている馬はまだ暴走を続け、もう手がつけられなかった。

「どうすればっ」

セフィリアが進む先に見えてきたのは、どん詰まりの三叉路《さんさろ》。

このままでは、突き当たりに店を構える鍛冶屋の壁面に、馬ごと衝突することになる。

馬も助けてやりたいと願っても、このままでは自分の命すら危ない。

セフィリアが懸命に逡巡しているときだった。

「……リア！　セフィリアっ。…セフィリア！」

ひづめの音と風の音で最初は聞こえなかったが、徐々に大きくなる声に反応して振り返ると、白馬にまたがったアンドラーシュが猛然と追いかけてくる。

「アンドラーシュ！」

俊足の馬はあっという間に暴走馬に追いつき、アンドラーシュは併走しながらこちらに手を伸ばしてくる。

セフィリアは目を見張った。

「セフィリア、俺の馬に移れ！　早く！　このまま衝突すればおまえの命はない！　急げっ」

この危機的な状況で、ドモンコス帝国皇帝陛下はいったいなにを血迷っている？

まさか、ただの妾でしかない自分を助けようとしているのか？

「アンドラーシュ！　離れてくれ。危険だ」

馬を併走させることは、一歩間違えば馬脚が絡んで馬ごと転倒する危ない行為。

それを彼が知らないはずはない。

「バレリア王国でも、何度か共に馬を走らせただろう？　早くこの手を掴め。急げ！」

「だめだ。あなたこそ早く離れろ！　わたしのことなど捨て置けばいい」

叫んだが無駄だった。

「馬鹿なことを言うな！　俺から、唯一無二の番を奪うつもりか？　セフィリア、俺を信じろ！」

「だがっ」

「今だ、セフィリア！　俺の手を掴め」

足を絡ませることなくギリギリまで併走し、二頭の馬身が触れる距離まで近づいたとき、アンドラーシュはセフィリアの手を掴んで細腰に腕をまわす。

「アンドラーシュ！」

力強い腕に身を任せた時、身体が暴走馬からふわりと浮いて、一瞬ののちにはアンドラーシュの腕の中にいた。

「どう、どう！」

一気に手綱が引かれ、皇帝の愛馬はゆるやかに減速してから足を止める。

一方、騎手を失ってしまった暴走馬はそのまま走り続けたが、なんとか激突を免れて、そのまま去ってしまった。

それを見届けたセフィリアはようやく安堵し、アンドラーシュの胸に顔を伏せる。

「あぁ、よかった…」

「そうだな、セフィリア。だが、おまえはまさに間一髪だったぞ」

アンドラーシュの言うとおりだ。

「陛下！　ご無事ですか！」

街路にいた多くの人々が駆け寄ってきて、二人の身を案じてくれる。

「あぁ、心配するな。俺も妻も大丈夫だ」

アンドラーシュはセフィリアのことを人々の前で堂々と妻と呼んだ。こんなときにもかかわらず、セフィリアは深い喜びを覚える。

「セフィリアさまもご無事でなによりでございます」

心配して声をかけてくれる多くの人々に笑みを返すと、彼らの多くは治療塔でセフィリアが診たことのある者ばかりだった。

皇帝暗殺を企《くわだ》てたとして拉致され、処罰される前に番にされた隣国の美貌の王太子で、奇跡のオメガ。

隣国から伝え聞くセフィリアの評判はとてもよかったから、王太子が皇帝暗殺を謀ったと聞いたとき、ドモンコス帝国の多くの国民が戸惑ったものだ。

「お怪我はございませんか？」

「大丈夫ですか？　セフィリアさま！」

「セフィリアさま！」

皆が真摯に心配してくれる様子に、セフィリアは少なからず胸を打たれる。

「こんな騒ぎになってしまってすまない。わたしは大丈夫だ。ありがとう」

そんなふうに多くの民がセフィリアの身を案じていることを、アンドラーシュは頼もしく、そして誇らしく見守っていた。

「わたしは謀反の嫌疑をかけられた罪人なのに、皆にこれほど心配してもらえるとは」

セフィリアが思わず漏らした本音に対し、ある者が声をあげた。

「我々にとって、治療塔でのお優しいセフィリアさまがすべてです。わたしはセフィリアさまを信じております」

若い青年の言葉に、皆が賛同してうなずいてくれる。

この状況を目にしたとき、セフィリアの胸にさらに熱いものが満ちていく。

綺麗な碧い瞳に見る見る水の膜が張って、それが一気に目尻から転がり落ちた。

「セフィリア…おまえが無事で本当によかった」

改めてアンドラーシュに力強く抱きしめられて、セフィリアは我に返った。

「そうだ！　アンドラーシュ、どうしてあなたが今ここに？」

「近いうちに治療塔に視察に行くと言っていただろう？」

「あぁ、そうだったな」

セフィリアはこの偶然に、心から感謝した。

「それから、シドは？　無事だったか？」

「あぁ無事だぞ。だがおまえのことだから、自分の目で確認したいだろう？」

そう言ったアンドラーシュは、手綱を引いて馬を反転させると、治療塔に向かって歩かせる。

道路の両側には、この事件を見守っていた大勢の国民が並んでいて、拍手で二人を称えてくれていた。

「アンドラーシュ陛下！」

彼らは口々に皇帝の勇敢な行動を称え、賞賛している。

そして、誰かが叫んだ。

「セフィリアさま万歳！」

命がけで子供を助けようとしたことを、皆が見ていたからだ。

やがて二人の名を呼ぶ人々の声は大きなうねりとなり、二人を押し包んだ。

「セフィリア、手を振って応えてやれ。おまえの行動を称えてくれているようだぞ？」

セフィリアが手を振ると、彼らは口々に自分の名前を呼んでくれた。

そんな中、アンドラーシュの馬は広場まで戻ってきたが、そこで少年の無事を確認した。

シドが元気に手を振っていて、セフィリアは安堵して微笑《ほほえ》みを返す。

広場にはさらに多くの人々がどっと集まってきて、あっという間に二人を囲んだ。

「陛下！　セフィリアさま」

しばらく呼びかけに応えていたセフィリアだったが、どうしても言わなければならないことがある。

いきなり馬から降りると、馬上のアンドラーシュを見あげて忠告した。

「アンドラーシュ、あなたはドモンコス帝国の皇帝なんだ。わたしなどのために、こんなところで命を落としたらどう始末をつける？ 先ほどの行為は信じられない」

番であり、妾という立場の者が、皇帝にこのような口を利くのに人々は驚き、あたりは静かになる。

アンドラーシュは馬から降りると、セフィリアに正面から向き合った。

「あぁ、そうだな。おまえの言うとおりだが、身体が勝手に動いていた。おまえにとって、その子供が大事なのはわかるが、俺にとってもおまえは唯一無二だ。未来永劫、おまえの代わりになる者など現れない。おまえを失えば、俺は生きる意味を失う」

あまりに誠実で真摯な告白に、セフィリアは心を打たれた。

罪人にされ、無理やり番にさせられて恨む気持ちもあるが、妾にされてからずっと彼は真摯に尽くしてくれている。

「陛下！　セフィリアさま！」

今の告白に対し、一部の人々から拍手が起こり、それがやがて広がっていって祝福の輪となった。

「アンドラーシュ…」

今、ようやくセフィリアの心が決まった。

生涯、アンドラーシュを信じてついていこうと。

彼のために生きたい。

彼のために尽くしたい。

彼を愛したい。

アンドラーシュを愛《いと》しいと思う気持ちを、もう封印しない。

セフィリアは今、ようやくわだかまりから解放された気がした。

胸の深い場所から、霧が晴れていくようだった。

「セフィリア、俺はおまえを愛している」

アンドラーシュがセフィリアの頬を両手で挟み、愛おしげに口づけを送る。

興奮した身体は、その口づけを甘やかに受け入れた。

濃厚なキスを繰り返す二人に、民衆からはさらなる歓喜の声が起こったが、その中には冷やかしの口笛なども混ざっている。

ようやくキスが解けると、セフィリアは頬を染めて焦がれるようにアンドラーシュを見る。

「おい、昼間っからそんな目で見るな」

「なっ」

一気に頬を染めるセフィリアを、アンドラーシュはニヤリと見おろす。

「さぁセフィリア、こんなことがあったんだから、今日はもう王宮に戻ろう」

そう誘うアンドラーシュに、セフィリアは苦笑して首を横に振った。

「無理だ。わたしは今から治療塔で仕事がある。行かなければ」

「本当に連れない奴だな」

「すまない、でも！　わたしは…っ」

照れ隠しもあって強めに反論していると、ふと下腹の奥がツキンと強い痛みを訴えた。

今まで一度も感じたことのない痛みだ。

「……え？　これは…なんだ？」

セフィリアの顔色が急変する。

「どうした？　なんだ、セフィリア？」

「あ……ぁ、ぁ」

両手で腹部を押さえて前屈みになったセフィリアは、そのままアンドラーシュの腕の中に倒れ込む。

「セフィリア！　セフィリアっ！」

動揺した呼び声が耳元で聞こえている。

大丈夫だ。わたしはなんともないから、そんなに心配しなくていい。

そう答えたいのに、声が出せなかった。

目の前がかすみ、やがてゆっくりと暗転していくと、アンドラーシュの声も遠ざかっていった。


やわらかな陽射しの中で、セフィリアは一人、寝台の中でまどろんでいる。

今までずっと胸の中に凝《しこ》りを抱えて生きていたのに、今は心が晴れ渡っていた。

あぁ、なんだか心地がいい。

誰だろう?

髪を撫でてくれる手が優しくて、うっかり口元がゆるんでしまう。

もっと撫でていて欲しい。

この大きな掌の温度に、このままずっと身を任せていたい。

「セフィリア…」

わたしを呼ぶのは誰だ?

頭の中に優しく甘く響く声。

「セフィリア!　セフィリア」

緊迫した声に、ゆっくりとまぶたを開ける。

目の前には、ひどくこわばったアンドラーシュの顔があった。

「……………アンドラーシュ？」

「あぁよかった！　セフィリア、おまえっ。俺がどれだけ心配したことか！」

あたりを見まわすと、治療塔の寝台の上に寝かされていた。

「……わたしは、どうしてここにいるんだ？」

「覚えていないのか？」

問われて思索する。

「そうか。馬が暴走して、アンドラーシュがわたしを助けてくれた」

「そうだ」

「それから…人々がわたしの身を案じてくれて、そのあと…わたしはどうなった？」

思い出せない。

「おまえは急に倒れたんだ」

「え…？」

ゆっくりと記憶が戻ってくる。

あぁそうだ。

わたしはあのとき、急に下腹に痛みを覚えて、その先の記憶がない。

「治療師によると別段心配はないらしいが、しばらくは安静にするようにと言われた」

安静？　なぜだ？

「病気なのか？　わたしは…」

深刻な事態なのかと急いで半身を起こすと、アンドラーシュは不意にセフィリアの手を取り、その甲にうやうやしく口づけた。

「……？　どうしたんだ？」

「セフィリア、セフィリア。ありがとう」

一向に話の本筋が見えない。

「だから、なんの話だ？」

アンドラーシュは少し潤んだエメラルドのような瞳で、真っすぐにセフィリアを見た。

「セフィリア……おまえの中に、俺のややがいる」

息を飲んだ。

にわかには信じられなかったからだ。

改めて思い返してみれば、最近はどうにも体調がすぐれなかったことも、妊娠が原因なら腑に落ちる。

「そうか。わたしは妊娠したんだな？」

想像したこともなかったから、とても不思議な感覚だった。

だが今、セフィリアの胸に満ちてくるのはただ、嬉しいという感情だけで。

「そうだ。おまえは俺の子を身籠《みごも》った。明日からしばらく仕事は休んで、とにかく王宮で安静に過ごすんだ。いいな」

仕事を休みたくはないが、皇帝陛下の御子を授かったのなら、もう自分だけの身体ではない。

「セフィリアどうした？　なぜもっと喜ばない？　こんなめでたいことが他にあるか？」

アンドラーシュは、どうにもセフィリアの反応が不満らしい。

「いや、そうだが…まだ妊娠がわかっただけなのに、まるでもう、ややが生まれたような喜びようだな」

それに対し、アンドラーシュは豪語する。

「この事態を喜ばないわけがないだろう！　俺の最愛の番が俺の子を宿した。この世に、これ以上の幸福があるか？」

今日のアンドラーシュは、なんだか大げさでおかしい。

なのに……なぜかわからないが、気がついたらセフィリアは泣いていた。

頬を流れる涙を見て、アンドラーシュはその跡を優しく拭ってやる。

「なぜ泣く？　まだ身体がつらいのか？」

「いや。違う、違うんだ…」

「ならば、どうした？」

自分の身を、心から案じてくれる優しいアンドラーシュ。

彼を心から愛おしいと思った。

「わからない。だが、たぶん…嬉しいんだ。わたしは…」

「俺の子を宿したことがか？」

どこか半信半疑といった表情の皇帝に、ただ本心を伝える。

「そうだ。そのとおりだ。わたしは、あなたの御子を授かったことが嬉しいんだ」

言葉が終わる前に抱きしめられていた。

「あぁ…セフィリア、俺のセフィリア。何度も言うぞ！　俺は生涯、おまえだけだ…愛している」

「アンドラーシュ。わたしもあなたを……愛している」

ようやく本心を伝えられて、心が一つになった気がした。

ドモンコス帝国皇帝陛下と、そしてもうすぐ生まれてくる赤子と共に、セフィリアは生涯をこの国で生きていくのだと改めて心に誓った。

王宮の西側にある、皇帝の居住区域。

妊娠がわかってから十日ほど経つが、セフィリアはそこから出してもらえなかった。

とにかくアンドラーシュが過剰に心配ばかりするからだ。

妊娠中も仕事に出たいなどと言おうものなら、寝台に繋がれかねなくて、おとなしく過ごしている。

身体が熱っぽくてだるいのは妊娠中だからだが、それでも時間を無駄にしたくはなくて、最近はもっぱら料理の書物を読んで過ごしていた。

少し前、治療塔の最近の治療記録を読んでいたら、アンドラーシュの命令だといってエルネーに取りあげられてしまった。

だからそれ以降は、料理の本だけが愛読書になっている。

だが読み始めると以外に料理は奥が深いことを知り、それはそれで楽しめている。

さすがに厨房で調理することは止められなかったが、半日しか許可されなかった。

今のセフィリアの目標は、ややが生まれたら、とにかく母親らしいことをすること。

それに、アンドラーシュにも手料理を食べてもらいたいと思うようになった。

そんな感情が自分の中に芽生えたことが不思議で嬉しくて、今は素直に受け入れている。

午前中に作った、ドモンコス帝国の郷土菓子であるメレンゲのクッキーがことのほか上手くできて、セフィリアは機嫌がよかった。

この頃は、アンドラーシュと午後のお茶を一緒にすることが多かったが、彼が戻ってくればすぐにわかる。

彼のブーツの足音が派手でやかましいからだ。

「セフィリア、戻ったぞ!」

焼き菓子を皿に並べていたセフィリアは、お茶の用意を始める。

今日は朝から東のダマル領へと視察に出ていた彼の戻りは、驚くほど早かった。

そして彼は、午後のお茶が終わるとまた政務に戻っていく。

「アンドラーシュ、今日はずいぶん早かったな?」

「あぁ、一刻も早くセフィリアに会いたかったからな」

「なっ」

歯の浮くような台詞を、はばかることなく口にされるのに慣れなくて、セフィリアはわかりやすく頬を染める。

「今日も顔色がいいな。さぁ、おまえの好きなアマリリスだ」

自分で摘んできたのだとわかるような無造作な束ね方だったが、その気持ちがなによりも嬉しかった。

「ありがとう。とても綺麗だ」

セフィリアは花束を、大事そうに両手で受け取る。

「おまえと同じで、俺もアマリリスが好きなんだ」

「そうなのか？　初めて聞いたぞ？」

「『輝くばかりの美しさ』。それがアマリリスの花言葉だ」

キザな表現も、彼が言うとそう聞こえないのはなぜだろう？

彼が誰よりも才気あふれた美青年で、そして恵まれた体軀《たいく》をしているアルファだから？

それとも……自分がアンドラーシュに心底惚れているからだろうか？

「まるで、セフィリアそのものだろう？」

再び顔が熱くなったが、セフィリアはもうなにも言わずに表現を受け入れた。

セフィリアがアマリリスを花瓶に活けると、テーブルがパッと華やかになった。

懐妊して以来、アンドラーシュは毎日のように花を届けてくれる。

高価なものは受け取らない主義だったが、野に咲く花をもらうのは嬉しかった。

毎日が穏やかで幸せで、そんな日々の中でセフィリアは少しずつ変わっていく。

今ではアンドラーシュのことを、誰よりも大事だと思えた。

「番」とは意図せずとも惹かれ合うのだとしても、今は心から彼を信頼して愛している。

「あまり、そういう歯の浮くようなことを言うな」

セフィリアがお湯をポットに注ぐと、ハーブティーのいい香りが漂った。

「あははは っ！　セフィリア、おまえが美しいのは真実なのだから、そう恥ずかしがるな」

「いや、そうではない。わたしたちのことが……国民の間で噂になっているからだ」

アンドラーシュは顎に手を当てる。

「それは気になる。どんな噂だ？」

言いづらくて下を向いたが、顎をすくって目を合わされて催促される。

「早く言え。どんな噂なんだ？」

「……だから、ドモンコス帝国の皇帝陛下が、わたしに夢中で骨抜きになっていると言われている」

ひとしきり声をあげて豪快に笑ったアンドラーシュは、セフィリアの頬に口づけた。

「いいじゃないか。なにが問題だ？　事実だろう？」

一向に憂慮していないところが、豪傑なアンドラーシュらしい。

「おまえもだぞ、セフィリア」

「え？　わたしが…どうしたと言うんだ？」

「おまえが診た多くの国民が、おまえを慕っている」

治療塔での評判から、セフィリアは今では多くの国民の信頼を得ていた。

まるでセフィリアが罪人であることなど、すっかり忘れているようだ。

そんなふうに、今では意図せず国民までをも味方につけてしまったセフィリア。

だからアンドラーシュは、ある決意を固めていた。

「セフィリア、聞いてくれ」

彼は手を伸ばしてセフィリアの両手を握ると、妙に真摯な表情で見つめてくる。

「……？　アンドラーシュ、改まって、どうした？」

セフィリアは身構えてしまう。

「ややが生まれた暁には、俺は正式におまえを、ドモンコス帝国皇帝の正妃とする」

セフィリアは目を見開いて息を飲み、そして目を伏せた。

驚きと戸惑いと、でもそれを上まわる歓喜が込みあげる。

「誰にも文句は言わせないし、セフィリアは俺の唯一の妻だ。生涯、おまえだけだと誓う」

「……アンドラーシュ」

瞳に水の膜が張って、目の前がゆらゆらと揺れた。

だが、どうしてもその前に、自分にかけられた嫌疑を晴らしたい。

「教えてくれ。わたしの嫌疑を調べ直すと約束してくれただろう？　調査はどうなっている？」

アンドラーシュは苦い表情で顔を背けた。

「セフィリア、その件は必ず決着させる。だから俺を信じてくれ」

「いやだ。わたしは本当に皇帝の暗殺計画など謀っていない。嘘ではない」

何度同じ言葉を繰り返し、同じ返事が返ってきたことだろう。

だが、今回は違っていた。

「知っている。セフィリア、おまえはなにもしていない。冤罪だ」

セフィリアは我が耳を疑う。

「え…っ！　アンドラーシュ、今なんと？」

「おまえが暗殺など謀っていないことは、最初からわかっていた」

「ではなぜっ」

セフィリアが追及の声をあげようとしたが。

「今はそれしか言えないが、もう少しだけ時間をくれ。おまえの嫌疑は必ず晴らすと誓う」

真意はわからないままだが、なにか理由があることだけは伝わった。

「本当か？」

「あぁ誓う。だから、俺の正妃になると、この場で約束してくれ」

思えば、最初から解せないことが多かったが、なにかしらの理由があったのか。

今は言えないが、いずれ話してくれるとアンドラーシュは約束してくれた。

ならば、もういいではないか？

「俺はおまえを愛しているんだ。エレニア離宮で、俺を助けてくれたあのときから。だから、どうしてもセフィリアが欲しい。他には誰もいらない。俺は、おまえだけが欲しいんだ」

凝りは残っているが、それならば時を待てばいい。

そうわかったとき、セフィリアの中で譲歩の気持ちが湧いた。

冤罪だと知って安堵したからか、ほろりと涙がこぼれると、せっつかれた。

「返事をしてくれ。セフィリア」

精いっぱいの笑みを返す。

「お受けいたします。我が皇帝陛下」

セフィリアが声に詰まりながら答えると、アンドラーシュは豪快に笑った。

セフィリアが用意したメレンゲのクッキーを食べ、旨い旨いと褒めちぎったあと、アンドラーシュは午後の会議のために居室をあとにした。

「陛下、少しよろしいですか？」

廊下に出ると、そこにエルネーが待ち構えている。

「なんだ？」

「セフィリアさまが正妃のお話をお受けになられたこと、お喜び申し上げます」

「おまえ、聞いていたのか」

「当然です。それもわたしの仕事ですから」

悪びれないエルネーの態度に、アンドラーシュは苦笑しながら先を促した。

「それで…言いたいことがあるんだろう？　なんだ？」

「セフィリアさまを正妃に迎えられるということですが、改めて儀式を執り行うということですね？」

アンドラーシュには考えがあった。

「今度は正式な国家祭事として盛大に婚姻式を執り行い、セフィリアを王妃にすることを内外に伝えるつもりだ」

「御意にございます。それではセフィリアさまに、いつ真実をお話しになるおつもりですか？」

「その件は俺も考えていたところだ。セフィリアの精神的な負担を考えれば、妊娠中の今ではないだろうと思う。だから、せめてややが生まれてからにしたい」

アンドラーシュの考えに、エルネーもうなずく。

「確かにおっしゃるとおりですね。少しでも早い方がよろしいかとも思いましたが、今は時期を待ちましょうか」

「いずれは話すつもりだったが、今まで俺も苦しかった。だが、もう少しの辛抱だ」

「御意」


セフィリアの懐妊から一ヶ月ほど。

アンドラーシュは内外に向けて懐妊を告知、のちに国家祭事として婚姻式を執り行い、セフィリアを正妃とする旨を伝えた。

民衆の中には歓迎しない者もわずかにいたが、多くは好意的に受け入れてくれたようだ。

理由はもちろん、熱心な治療師としてのセフィリアの功績が広く知られているからだ。

そしてセフィリア懐妊の知らせは、故郷であるバレリア王国にも届いていた。


アンドラーシュ皇帝陛下の勅使から信書を受け取ったカッサンドロ国王は、その場で巻物を広げて歓喜した。

「おお！　セフィリア！　なんということだ。あのような形で王太子を連れ去った皇帝陛下だったが、セフィリアを正妃に迎えるほど大事にしてくれているとは」

出先で勅使の来訪を知ったイグナーツが、急いで王の居室を訪れた。

「父上、勅使の信書は、いったいなんと？」

「イグナーツ、めでたいことにセフィリアが懐妊したようだ。アンドラーシュ皇帝は、セフィリアを正妃に迎えると申しておられる」

「兄上がご懐妊？　陛下の、正妃…ですと！」

それを聞き、イグナーツは眉尻をはね上げた。

「……罪人として異国へ連れ去られた兄上が、皇帝陛下の妾にされたとは聞いておりましたが、兄上は冷遇されていないのですね？」

バレリア王国では、拉致されたセフィリアは妾にされ、日陰者のように扱われていると誰もが思っていたが、事実は違ったようだ。

「あぁそうだ。皇帝は懐妊をたいそう喜んでおいでだ。わたしはセフィリアが幸せならばそれでいいと思っていたが、セフィリアが正妃となり、さらには健康な嫡子が生まれれば、王宮での立場は格段に上がるだろう」

父の言葉を聞いたイグナーツは、泡を食ったように目を見張る。

「父上、私にもドモンコス帝国からの信書を見せていただけますか？」

「あぁ」

巻物に目を通したイグナーツは、小さく舌打ちをして立ちあがった。

「本当にめでたいことです父上。近いうちに兄上にお会いできるといいのですが…。では、私はこれで失礼いたします」

あわてた様子で身を翻したイグナーツは、どこか厳《いか》めしい表情をしていたが、歓喜に沸く王の居室の中で、それに気づいた者はいなかった。

◆6◆

妊娠からふた月ほど経つと、セフィリアの体調もすっかり普段どおりに戻っていた。

最近は料理に夢中になっていて、今日も午後から王室の厨房を預かる料理長から、ドモンコスの郷土料理を教わることになっている。

いつもお茶の時間にはいったん王宮に戻ってくるアンドラーシュだったが、今日はエルネーと共に城下街の商店の総会に出ていて夜まで戻らない。

調理方法のレシピを書きためた筆記帳を手にして、いそいそと部屋から出ようとしたとき、アンドラーシュの執事頭であるゾーイが神妙な顔で現れた。

「セフィリアさま、今、バレリア王国のイグナーツ王子がご懐妊の祝辞を述べにお越しになったのですが…」

「本当か？　それは聞いていなかったが、嬉しい！」

セフィリアの表情は、花が咲くように輝いた。

「ですが…ご来訪の予定はうかがっておりませんでした」

別れの挨拶もないまま、突如ドモンコス帝国に連れてこられたセフィリア。

親族には二度と会わせてもらえないだろうと、半ばあきらめていた。

そんな中、弟であるイグナーツが祝いに訪れてくれたことは純粋に嬉しい。

「構わない！　わたしの大事な弟だ。すぐサロンに通してくれ」

「……かしこまりました」

セフィリアは筆記帳を置くと、身なりを整えるために衣装係を呼んだ。

一方、イグナーツの突然の来訪を知らせるため、ゾーイは城下街で総会に出ているアンドラーシュに、伝令の早馬を走らせた。


「久しぶりだな、イグナーツ」

セフィリアは正装して、サロンで待たせていた弟を出迎えた。

普段の拝謁には謁見の間を使っているが、より親しい者を迎える時に使うのがサロンだ。

「ご無沙汰しております兄上。ご健勝でなによりでございます」

イグナーツはブーツの踵《かかと》をそろえ、腕を胸に当てて深く会釈する。

「イグナーツ、わたしたちの間にそんな堅苦しい挨拶はいらない。わざわざ訪ねてくれて本当に嬉しい。さぁ、かけてくれ」

セフィリアが勧めた椅子の座面には、綿がたっぷりと入った布が張られている。

「ご懐妊おめでとうございます。お身体はいかがでしょう?」

「ありがとう。今のところは順調だ」

「そうですか、それはよかった……」

だがそう言ったあと、彼は突然黙り込んでしまって、セフィリアは心配になる。

「どうしたんだ? イグナーツ、なにか困りごとでもあったのか?」

「いいえ……兄上、申し上げにくいのですが、願わくば…二人だけで話したいのですが」

扉の横には近衛兵が、そしてセフィリアの背後にはゾーイが立っていたが、セフィリアが振り返って彼らに出ていくよう目配せをした。

「いいえ、いけませんセフィリアさま。陛下に許可を得なければ、護衛もなしでお二人になどできません」

「なぜだ? イグナーツはわたしの弟なのだぞ? 心配などいらない」

めずらしく不満を露わにするセフィリアに、ゾーイも仕方なく折れる。

「……わかりました。ですが、しばらくしたら戻りますので」

結局は押し切る形で、セフィリアは人払いをした。

「兄上、感謝いたします」

「いいんだ、気にするな。さぁイグナーツ、これで心置きなくなんでも話してくれ」

「はい。実は、兄上に訊きたいことがありまして…もう七年ほど前の、エレニア離宮でのことですが」

エレニア離宮と聞いて、セフィリアの表情も引き締まった。

アンドラーシュの怪我を治療していた時のことだからだ。

「兄上が密かに治療していたのは、いったい誰だったのですか？　今ならもう時効でございましょう？　話してください」

なぜそんな昔のことをイグナーツが気にかけるのかは不明だったが、今さら隠す必要もないだろう。

「……あのとき、わたしはゴビ山の国境近くで怪我を負った騎士を偶然発見して、離宮に連れ帰った。騎士は頭部に怪我を負って記憶を失くしていたが、その後の治療で記憶が戻ったんだ。その騎士は……皇帝になる前の、アンドラーシュだった」

異国の騎士を、国王への報告もなしに治療したことで、セフィリアはカッサンドロ国王から跡が残るほど背中に鞭を浴びせられた。

「やはりそうでしたか…」

どうやら、イグナーツには予想がついていたようだ。

「今まで隠していてすまなかった。だがあのときアンドラーシュは瀕死の状態で、我が国家の脅威になるとは思えず…。それに治療師のわたしは、誰であろうと怪我を負った者を捨て置けなかった」

「…なるほど。これで、すべて合点がいきました」

合点と言ったイグナーツの言葉の真意はわからなかったが、明らかに彼の顔がこわばっていく。

「イグナーツ。わたしからも、どうしてもおまえに謝りたいことがあるんだ」

ずっとセフィリアの中で、くすぶっていた思いがある。

「謝る？　なんでしょう…」

「おまえの母、わたしの侍女だったマリアのことだ」

イグナーツは眉根をぎゅっと寄せる。

「わたしのせいで、イグナーツが最愛の母上を失ってしまったこと、本当に申し訳ない。謝罪ですむものではないが、どうしても謝らせて欲しい」

セフィリアは深く頭《こうべ》を垂れた。

あれはセフィリアが十四歳、イグナーツは十歳、末の王子ピエールはまだ二歳の時のこと。

残忍な物盗りが突然襲いかかってきて、とっさにセフィリアを庇ったマリアが賊徒の刃にかかった。

本当に一瞬のことで、マリアの血を全身に浴びたセフィリアは呆然として動けなかった。

直後、背後に控えていた近衛兵によって賊徒は斬り捨てられたが、セフィリアはあまりの恐怖と自責の念で、一年ほどは誰とも会話ができなくなってしまった。

その後、ようやく精神的にも安定を取り戻したときには、イグナーツは普通に接してくれていたから、きちんと謝罪ができずにいた。

「イグナーツ、本当に申し訳なかった」

セフィリアの謝罪を聞いたあと、イグナーツは苦悶の表情を浮かべて、黙り込んでしまった。

「……兄上、なぜ今さら私に謝罪をするのですか?」

「すまない。本当はずっと謝りたいと思っていたが……わたしは臆病者だった」

もしも謝罪して、イグナーツに「許さない」と拒絶されてしまったら?

そう思うと怖くて怖くて、マリアの話などできなかった。

「ご存じのとおり、私の母マリアは兄上の侍女でしたが、カッサンドロ国王に見初められて側室となりました。だから母はメリッサ王妃と兄上のことを常に一番に考えていた。私のことより、兄上を大事にしていた!」

「イグナーツ…」

それは、今まで一度も聞いたことがないようなイグナーツの心の悲鳴。

深く胸に刺さる、悲痛な訴えだった。

「母は……私よりも兄上のことを愛していたんだ！　私など、いつも二の次だった」

なぜだかわからないが、セフィリアには今のイグナーツが、駄々をこねる幼子のように見える。

「違う！　わたしといる時、いつもマリアはおまえの話をしていた」

真実を語ると、唐突にイグナーツは円卓を叩いて立ちあがった。

「嘘だ！　母上はいつだって兄上のことばかりで、私など眼中になかった。その上、最後には兄上を庇って命まで奪われて…。そう、兄上は人殺しだ！」

強い怒りを向けられて、ぐらりと足元が揺らぐ。

「知っていますか？　私はこれまでずっと、あなたを恨んで生きてきた！」

意表を突く告白に、セフィリアは耳を疑った。

「だから兄上が、アンドラーシュ皇帝に暗殺の嫌疑で連れ去られたことを、本心では喜んでいました」

イグナーツの言葉はあまりに辛辣《しんらつ》で。

「無理やり番にされ、妾にまで貶められ、あなたはドモンコス帝国で日陰者のような荒《すさ》んだ生活を強いられていると思っていた。でも…実際は違っていたんですね？」

目の前の弟は、まるで悪霊にでも憑《つ》かれたように恨み言を吐き続ける。

「こんなことならやはり、あの時……死んでもらっていたら…」

彼がなにを言っているのか、セフィリアにはわからない。

「な…んのことだ？　あの時…とは？　イグナーツ、いったいなにを言っている？」

手足が震えだす。

「母の恨みを晴らすため、私は政務を全うする中で力をつけ、何年もかけて準備をしてきました。そしてようやくそれを実行すべく、兄上に刺客を差し向けた。だがまさに暗殺決行の日、突如アンドラーシュ皇帝がバレリア王国に侵攻し、兄上を連れ去ってしまった」

「イグナーツ……待ってくれ、本当にわからない……なにを言っているんだ？」

セフィリアは混乱していた。

暗殺…？

誰が…？　誰をだ？

まさか、イグナーツが……わたしを？

ふらりと立ちあがってイグナーツに触れようと手を伸ばしたが、瞬時に払い落とされた。

「父上の侍従だったエルネーがドモンコス帝国と内通していたことを見抜けず、エルネーは私の計画をアンドラーシュ皇帝に密告した。そして暗殺決行直前、あるはずもない皇帝暗殺の首謀者という嫌疑をかけ、兄上を自国に連れ去ったんだ」

もう、なにがなんだかわからなかった。

イグナーツが、自分を亡き者にしようとしていた？

そして…アンドラーシュが、実際は。

「まさか。アンドラーシュは、わたしを助けてくれたというのか？」

「でしょうね？　私はこれまで、兄上がなぜ皇帝暗殺を企てたのか、その理由がわからなかった。そして皇帝が兄上を連れ去った本当の理由も見抜けなかった。でもようやくさきほどの兄上の返答で解せました。アンドラーシュ皇帝は、命の恩人だった兄上を助けたんだ」

「………」

アンドラーシュが冤罪で自分を拉致したのは、命を救うためだった。

それはセフィリアにとって、予想もしなかった真実だったが。

「真相を見抜けなかった私は、兄上が罪人としてドモンコス帝国の王族たちの前で奴隷のように屈辱的に抱かれた挙げ句、妾にされたと聞いた。だから兄上が異国で生き地獄を味わっているのかと思っていたが、実際は違った。皇帝はまんまと兄上を助け出し、間もなくあなたを正妃にする。なんといまいましいことか。これらのすべては、最初から仕組まれていた」

すっかり青ざめた顔で、セフィリアは弟を見る。

「真実を知ったとき、私の怒りは再燃してしまった。兄上、私は絶対、あなたが幸せになるなんて許さない。だから……ここで一緒に死んでもらう！」

懐に隠していた短刀をイグナーツが唐突に摑み出したとき、彼の心にはびこる深い闇の存在と、その恐るべき覚悟をセフィリアは思い知った。

手にした短刀の切っ先が、真っすぐこちらに向けられる。

あまりの動揺で、身動きができない。

「知らなかった。本当に…おまえがそれほど苦しんでいたとは」

バレリア王国にいた頃のイグナーツは、そんな怒りなど口にしたこともなかったからだ。

でも、実際に彼はずっと苦しんでいた。

自分が安穏と医術を学んでいた時も、現場で治療師として毎日を送っていた間も。

ずっと自分への恨みを募らせていた。

すべては、彼にとって一番大事だった母を失ったからだろう。

彼のそれが逆恨みだとは、セフィリアには思えなかった。

マリアは自分が生まれた時からの侍女で、正直、正妃であった母以上に親しみを感じていた。

もちろん父も母も愛してくれたし満足しているが、本当に自分の身のまわりの世話をし、常に近い場所にいてくれたのはマリアだった。

だからセフィリアは幼少の頃、母親が二人いるような気がしていたほどで。

今から思えば、とても傲慢で贅沢な話だろう。

その後、マリアが父の側室となってイグナーツを出産したとき、セフィリアには他の侍女をつけると父が決めた。

だがセフィリアは、断じてそれを拒否した。

マリア以外はいやだと、今思えば幼いわがままで駄々をこねた。

優しいマリアはその願いを叶えてくれたが、そのせいで自身の子であったイグナーツやピエールとの時間を犠牲にしてきたとも言える。

側室であるなら、立場的に優雅な暮らしが保証されていただろうに、マリアはセフィリアのそばにいることを望んでくれた。

マリアは実の子であるイグナーツやピエールではなく、多くの時間を正妃の第一子であるセフィリアに与えてくれたのだ。

マリアが亡くなった時、ピエールはまだ二歳だったため、セフィリアに対して恨みを持つような感情はなかったのだろうが、十歳だったイグナーツは違っていた。

そんなイグナーツのこれまでの苦悩を知るよしもなく、安穏と過ごしてきたことに、セフィリアは今、心を抉られるほどの後悔を覚えている。

本来ならば彼らが得るはずだった母子の幸福な時間を、奪っていたのは自分だった。

イグナーツの怒りは当然だし、ましてやその母がセフィリアを庇って亡くなった。

彼の苦悩は計り知れないものだっただろう。

今、それを知ったセフィリア。

自分ができることは、ただ一つだと悟る。

イグナーツの苦しみをすべて受け入れ、そして心を病んだ彼を助けることだ。

そこまで思い至った時、セフィリアは我に返って現状を改めて確認する。

もしも今、ゾーイや衛兵がこのサロンに入ってくれば、短刀を手にしたイグナーツは間違いなく斬り捨てられるだろう。

イグナーツから母親を奪い、そしてそのイグナーツまで亡くしてしまうようなことがあれば、自分を庇って亡くなったマリアに顔向けできない。

セフィリアはそこまで気持ちの整理をつけたが、しかし……。

今、自分が一人だけの身体なら、この命を差し出す覚悟もある。

だが、今はこの中に皇帝陛下の御子が宿っている。

生まれてくるややに、罪などあるはずもない。

絶対に、生きて生まれてきて欲しい。

それでも、セフィリアはなんとかしてイグナーツに謝意を伝えたかった。

「イグナーツ。わたしの命はマリアにもらったものだ。だからおまえが望むなら、この命を差し出すつもりだ」

これは本心だったが、その言葉にイグナーツは目を見張り、わずかにひるんでみせる。

「なぜです…兄上？　どうしてそんな嘘をつくんですか！」

微動だにしないセフィリアは、殺されることを怖がっていないばかりか、イグナーツに慈愛に満ちた瞳を向ける。

「はっ？　こんな展開など面白くありませんよ！　怖いんでしょう？　せいぜい、私にすがって命乞いをしてみせればいいんだ！　死を恐れない者などいない！」

「イグナーツ、わたしが死ぬことで、おまえの心が浄化されるなら構わない。だが、約束して欲しいんだ。おまえは本懐を遂げたあと、絶対に生き延びてくれ」

イグナーツは目を見張った。

「兄上…いったい、なにをおっしゃっているのですか⁉」

「よく聞いてくれ。このサロンには、地下の隠し通路へ下りる入り口がある。そして、地下通路は城壁の向こうまで続いているんだ」

セフィリアが足元を指さして教える。

「この絨毯をめくれば、扉がある。通路を抜ければ、衛兵に見つからず逃げることも可能だ」

セフィリアの熱心な助言に、イグナーツの表情がみるみるゆがむ。

「……いったいなぜ、兄上の命を奪おうとしている私を逃がすというのですか！」

「わたしはただ、父上や母上が悲しむ姿は見たくないんだ。それに、わたしが今までイグナーツの苦悩を知らずに生きてきたことは本当に罪深い。おまえの気持ちを察することもできない情けない兄ですまなかった」

心からの詫びを受けて、短刀を握るイグナーツの手が震えだす。

「兄上、やめてくださいっ」

セフィリアの表情には、嘘偽りなどなかった。

「あぁ…思い出しました。そうだ。兄上はいつだって、昔からこんなふうに慈悲深かった。そして、あなたは幼い私のことを、いつも…」

イグナーツの脳裏に泉のように湧き出してくる思い出は、兄と過ごした幼少期のとりとめのない日常。

思えば、セフィリアは本当に世話好きで優しい兄だった。

そしてイグナーツは、なんでも器用にこなす優秀な兄のことが大好きだった。

いつも懐いてあとをついてまわり、その中でいろんなことを教えられた。

どんなときだってセフィリアは自分の味方だったし、なにがあっても庇って助けてくれた。

イグナーツの視線が揺れて、短刀を握る手から力が抜けていく。

「なぜです兄上？　私は…どうして今さら、昔のことなんかを思い出す？」

母を失ってから心が荒み、怒りの淵《ふち》に沈んで忘却の彼方にあった幼い頃の記憶が、イグナーツの脳裏を走馬灯のように駆け巡った。

「そうだ……兄上はいつだって優しかった…」

「イグナーツ、わたしは構わない。本懐を遂げてもいいんだ」

イグナーツの様子がようやく正気に戻ったように見えた。だからセフィリアは、最後の賭けに出るため自らイグナーツに歩み寄る。彼は平気で人を殺《あや》めるようなことはできないはずだと信じて。

イグナーツは目が覚めたようにセフィリアを見た。

恨みの念に感情を支配されてはいるが、彼は本来とても穏やかで優しい。

「さぁ、なにをしている？　わたしを憎んでいるのだろう？」

「……そうでした。でも……っ！」

そのとき、扉の前でゾーイが誰かを呼ぶ声が聞こえた。

「急がなければ、侍従や衛兵が入ってくるかもしれない。イグナーツ！」

そう叫んだ瞬間、下腹部に痛みを感じてセフィリアがうずくまると、イグナーツはようやく本来の彼に戻ったようだ。

「兄上。私は……私にはやはりできません。あなたをこの手で殺めるなんて…できない」

イグナーツの悲壮な声を聞いてから、セフィリアはようやく安堵の息を吐き、己の下腹を撫でた。

もしかしたら、赤子が助けてくれたのかもしれないと感じた。

「イグナーツ…イグナーツ」

セフィリアが弟に寄り添うように近づいた時だった。

廊下からけたたましい靴音がして、その直後に乱暴に扉が開く。

「セフィリア！　無事か！」

血相を変えて飛び込んできたアンドラーシュの目に最初に飛び込んできたのは、短刀を手にしてセフィリアと対峙《たいじ》しているイグナーツの姿だった。

「おのれ！　またしてもセフィリアを！」

稲妻の速さで二人の間に割って入ると、アンドラーシュはイグナーツの短刀を拳《こぶし》で叩き落とす。

すぐに己の腰差しの長剣を抜いて、高々と振りかぶった。

「待ってくれ、アンドラーシュ！」

とっさにセフィリアは両手を広げ、イグナーツを庇うようにその前に立ちはだかる。

「そこをどけ！　なにをしているセフィリア？　こやつは短刀を持っていたではないか！」

「誤解なんだ。わたしはなにもされていない。大丈夫だから、剣を収めてくれ」

「誤解だと？　イグナーツは二度までも、おまえを殺めようとしているではないか！　許せん！」

このときセフィリアは、アンドラーシュが最初からすべて承知だったことを確信した。

「だから違うと言っている！　少し話をしていただけで、大丈夫だから剣を収めてくれ！」

懸命に弟を庇うセフィリアの背後で、イグナーツは崩れるようにがっくりと膝をつく。

「兄上！　私が愚かでした。お許しください」

頭を垂れたその姿を見て、ようやくアンドラーシュは長剣を鞘《さや》に戻した。


イグナーツが衛兵に連れていかれたあと、セフィリアは震えながら重い息を吐き落とした。

「……イグナーツがわたしを殺めたいほど憎んでいたこと、わたしは知らなかった」

アンドラーシュは、まだ動揺している細い身体を包み込むように抱きしめ、震えが収まるのを待ってから一緒に長椅子に腰かけた。

エルネーと侍従頭、侍女たちは、二人のそばでただおろおろしていたが、

「すまないが、セフィリアに熱い紅茶を持ってきてくれないか？」

二人だけにして欲しいとの意味を含めて、アンドラーシュは命じる。

「はっ！」

侍従たちは跳ねるようにして、一斉に部屋を出ていった。

アンドラーシュの懐の温《ぬく》もりでようやく気持ちが落ち着くと、セフィリアは口を開く。

「アンドラーシュ、もう隠しごとはしないでくれ。本当のことを話して欲しい」

「本当のこと？　なにを言っている」

「あなたがわたしをドモンコス帝国に拉致した日、わたしはイグナーツの差し向けた刺客に殺されかけていたのか？」

アンドラーシュは度肝を抜かれたように、絶望的な目を向ける。

「おまえ……それを知ってしまったのか！　あぁ…イグナーツめ」

不審感が滲むセフィリアの視線を避けるように横を向くと、アンドラーシュは苦い顔で舌を打った。

「おまえには、いずれ話すつもりだった」

「そうか。なら今話してくれ…」

知らなければならない真実。

もう隠しごとはいらない。

アンドラーシュは、腹をくくったように話し始めた。

「俺がおまえを連れ去ったあの日。イグナーツは雇った傭兵《ようへい》にセフィリアの暗殺を命じていた。決行の数日前に、俺は密偵だったエルネーから知らせを受けていた」

口調には相当の気遣いが見受けられたが、セフィリアは落胆しながらも先を促す。

「やはり真実だったんだな。いいから話してくれ。全部隠さず」

どれほど傷ついていても、真相に触れることを恐れたくなかった。

「俺はエルネーに命じて、刺客からおまえを護らせることもできたが、バレリア王国にいる限り命を狙われ続ける。そうなれば、おまえを護りきれないと判断した。だが、即座に国から連れ出す良策が見当たらず、ねつ造した罪状でおまえを拉致するしか方法がなかった」

確かに、一国の王太子を理由もなく国外へ連れ出すなど、正攻法では不可能だ。一刻を争う事態だったのなら、あの日の皇帝の判断もやむなしだったのだろう。

そして今。

延々とセフィリアの中にくすぶっていた最後の煩悶が、溶け始める。

「それにしても、なぜ密偵を忍ばせていた？　わたしを見張っていたのか？」

「最初にも言ったが、俺は従属国すべてに密偵を置いている。だが、おまえのそばにエルネーを置いていた理由は、他国とはまったく意味合いが違うんだ」

「違う…とは？」

セフィリアが首を傾げると、金色の髪が肩を流れて、アンドラーシュは不謹慎にも綺麗だと思った。

「あぁ、そうだ。おまえだけは、俺の特別だったからだ」

「特別？　わたしが過去に、怪我をしたアンドラーシュを治療をしたから、その恩返しのつもりだったのか？」

「違う…俺は、エレニア離宮をあとにしてからずっと、おまえを…セフィリアをいずれ、俺の唯一の番として、正妃に迎えるつもりだった」

こんな歯切れの悪いアンドラーシュなど、見たことがなかった。

「……アンドラーシュ」

自分を突然拉致して辱め、無理無体に番にした男。

最初は憎んでいたけれど…。

「ただの蛮行だと思わせていたこれまでのすべては、わたしを助けるためだったのか…」

今の皇帝はただずっと目を伏せていて、まるで今から罪状を聞かされる罪人のように見えた。

「なんということだ…」

ようやく明かされた真実は、傷を負ったセフィリアの心を優しく包み込んでいく。

これでもう、なんのわだかまりもなく彼を愛せるだろう。

「アンドラーシュ、あなたがわたしを助けてくれたんだな？　本当に、感謝してもしきれない。だが……なぜ今まで本当のことを話してくれなかった？」

話す機会など、いくらでもあったはずだ。

「それは……血の繋がった弟に命を狙われていたことを、セフィリアが知らずにすむのなら その方がいいと判断したからだ。おまえが傷つくとわかっていたから」

「……アンドラーシュ…」

すべては彼の優しさだった。

「それに、真実を明かしてしまえば、セフィリアは即座に俺のそばを離れていくと思ったからだ。俺は、セフィリアに愛されている自信などなかった」

セフィリアは目を見張る。

まさか、ドモンコス帝国の皇帝陛下が、そんなことに怯《おび》えていたなんて。

「だが結果的におまえを護り切れずに、こんな形で真実を知ることになってしまうのなら、もっと早く話せばよかった。おまえを苦しめてしまったことを今は後悔している。だが俺は……おまえを連れ去ったことは後悔していない。なぜなら…」

語気を強めるアンドラーシュを、セフィリアは慈悲深い瞳で見守っている。

「俺はセフィリアに愛されたかった。無理やりでもいいから、おまえを俺のものにしたかった。だから…セフィリアが傷つくと知っても、王族の面前で無理やり俺の番にしたんだ。おまえが俺のものだと、このガダル大陸中に知らしめたかった」

彼が無理やりセフィリアを辱めたその理由は、単なる独占欲だったとは。

「ならば最初から、わたしに婚姻を申し込めばよかっただろう？」

「なにを言っている！　セフィリアは周辺諸国の王族からの求婚を、ことごとく撥ねつけていたではないか！　俺が婚姻を申し込んだところで、受け入れてもらえるとは思えなかった」

とてつもなく剛胆であるのに、色恋においてはなんと臆病な男だろう。

セフィリアが他の男たちの求婚を断っていた理由は、アンドラーシュを待っていたからだ。

だが今はまだ、それは言わないことにした。

今まで散々な目に遭わされてきたのだから、少しくらいは仕返ししてやりたい。

ふふっとセフィリアが笑うと、アンドラーシュの眉がピクリと跳ねあがった。

「怒っているのか？　俺を許せないんだな？　セフィリア」

不安に染まる瞳など見たことがなくて、しばらく見ていたいものだったが。

「アンドラーシュ。すべては、わたしを愛していたからか？」

「他にどんな理由がある？」

皇帝はすでに開き直っているようにも見えたが、やはり答えて欲しい。

「訊きたいんだ。わたしが。あなた自身の言葉で答えて欲しい」

長く息を吐き出したアンドラーシュは、覚悟を決めたように語り始めた。

「俺がおまえにした行為は、すべて恥ずべきものだったが後悔はしていない。俺はゴビ山で助けられたときから、おまえだけを愛してきた。あのとき、おまえが俺の運命の番だという確証はなかったが、それでも、いつか必ずおまえを俺の正妃に迎え、永遠に俺だけのものにすると決めたんだ」

アンドラーシュの、これが精いっぱいの謝罪であり言い訳であり、そして愛の告白なのかもしれない。

もう、ここまでくると、セフィリアは苦笑を禁じ得ない。

「他に言うことはないし、後悔もしていない！　俺はセフィリアだけを愛している。それだけだ！」

結果、利己的な暴挙に振りまわされ続けたわけだが、こうして真実と告白が聞けたことで、ようやくセフィリアにも笑みが戻った。

「それで、どうなんだ？　周到に練られた策略の結果、わたしはアンドラーシュのものになったのか？」

挑発的な問いかけに、皇帝の眉が跳ねあがる。

「違うとでも言いたいのか！　俺はおまえを愛している。生涯、側室も持たない。あの日、教会で誓った言葉に嘘偽りはない。俺は永遠の愛をセフィリアだけに捧げる。それでも……おまえはまだ、俺を愛せないのか？」

簡単に許してしまうのも腹立たしい気がしていたのに、これほど真摯で熱烈な告白を受けて、心を動かされない者がいるだろうか？

まるで、打ち寄せる波に攫われるようにして、胸のつかえが引いていく。

あぁ、アンドラーシュ。

気づいたときには、セフィリアの頬を一筋の涙がこぼれ落ちていた。

「アンドラーシュ。あなたの言うとおり、わたしはもう、身も心もあなたのものだ」

もう心は決まっている。

「セフィリア、聞かせてくれ。今度はおまえの言葉で…声で…」

こんな切迫したアンドラーシュも、今まで見たことがない。

「まさか、俺だけに告白をさせて終わるつもりなのか？」

愛おしさが募って、自然と笑みがこぼれた。

「セフィリア…？」

「アンドラーシュ。わたしも同じだ。わたしも心からあなたを…アンドラーシュだけを、愛している」

一切の霧が晴れたセフィリアが、心からの想《おも》いを伝えると、腕を引かれて乱暴に胸に抱きしめられる。

上着の釦に頬がこすれて痛いほどだったが、セフィリアはそんな情熱的な抱擁に酔いしれ、ようやく心から通じ合えたことを喜んだ。

侍女が用意してくれた蜂蜜入りの熱い紅茶を飲むことで、セフィリアはとても気持ちが落ち着いた。

髪を梳《す》いてくれる大きな手が心地よくて、このままずっとアンドラーシュの腕の中で、まどろんでいたいと思うほどで。

だが、セフィリアにはどうしても伝えなければならないことがあった。

「アンドラーシュ。わたしから、折り入って頼みたいことがあるんだ」

腕の中のセフィリアを見おろしたアンドラーシュは、苦虫を噛みつぶしたような表情で口元を引き締める。

まるで、セフィリアがなにを要求するのか、もうわかっているようだった。

「イグナーツのことだが、ドモンコス帝国の法で裁き、ここで刑を受けさせるつもりなのか？」

「我が王宮で起こった事件なのだから当然だ…と言いたいところだが、セフィリアは納得しないのだろう？」

「アンドラーシュ、頼む。どうかバレリア王国で裁きを受けさせて欲しい」

セフィリアの要求に、彼は大仰にため息を吐き落として腕を組む。

「信じられない奴だな。自分が殺されかけたのに。イグナーツを自国に帰らせれば、また命を狙われるとは思わないのか？」

「そんなことは絶対にない。でも仮にそうなったとしても、わたしは自分の身は護れるから大丈夫だ」

今回もそうだっただろう？　と、セフィリアは訴える。

「心配するな。セフィリアのことは俺が一生護る」

「ありがとう。いつだってわたしは、あなたを信頼している…だからアンドラーシュ、後生だから」

大げさに肩をすくめると、アンドラーシュは答えた。

「おまえには負けた。セフィリアがイグナーツを許せるのなら、好きにすればいい。手錠と足枷をかけたまま、無傷でバレリア王国に送り届けてやる」

「あぁアンドラーシュ、ありがとう…本当に感謝する。だが厳格な父上のことだから心配なんだ。よければ、イグナーツの量刑はアンドラーシュが決めてくれないか？」

すがるような目を向けられると、アンドラーシュはもうなにも言えない。

「それでは、内政干渉と言われかねないぞ？」

「頼む…アンドラーシュ。父上も、それを望むはずだ」

もう降参だと言わんばかりに、アンドラーシュは両手を挙げた。

「ふぅ。俺がセフィリアにめっぽう弱いことは知っているだろう？　わかった、ならば…」

皇帝はしばし考えて、それから答える。

「イグナーツの王位継承権の剝奪《はくだつ》。そして、生涯バレリア王国を出ることを禁ずる。これでどうだ？」

予想した以上に寛容な量刑を示されて、セフィリアは改めて厚い胸に顔を埋める。

「ありがとう。本当にありがとう…心から感謝する」

セフィリアが落ち着くのを待ってから、アンドラーシュは細い顎を摑んで目線を合わせた。

「その代わり、俺からの要求を飲んでくれ」

「え？　……あぁ、もちろんだ…が」

無理難題を申しつけられるのかと、セフィリアは少々身構える。

「俺は、国民にすべてを公表しようと思う」

「公表？　なんのことだ？」

「俺たちのこと、すべてを打ち明けたいんだ。俺たちがどこで出会って結ばれたのか。そして、冤罪をかけてセフィリアを攫ったこと。これまでの経緯をすべて、隠すことなく国民に打ち明ける」

「アンドラーシュ」

自分にかけられた嫌疑が偽りのものだったことが公表される…感慨無量だ。

「もちろんだとも。わたしにとっても、皇帝暗殺の嫌疑を晴らしてもらえるのなら、これ以上の喜びはない」

「よし、それからもう一つ」

アンドラーシュの瞳が潤んでいることに気づいた。

「ややが生まれたあと、俺はセフィリアをドモンコス帝国の正妃にするとおまえに伝えたし、それを了承してくれたが、俺たちの婚姻式は国家祭事として盛大に催したいと考えている」

「……あぁ、アンドラーシュ」

「もちろんバレリア王国のカッサンドロ国王夫妻を我が帝国に招き、共に婚姻を祝ってもらいたい」

あまりに幸福で、セフィリアはまるで夢を見ているようだった。

セフィリアは甘いため息をついた。

窓から降り注ぐ陽の光が二人を祝福しているように思えて、うっとりと目を閉じる。

まぶたの裏側が、鮮やかなオレンジ色に塗りつぶされていた。

「わたしは、永遠にあなただけのものだ…アンドラーシュ」

透明な涙がまつげを濡らし、キラキラと輝きながら落ちていった。

禁欲明けの甘すぎる発情期

アンドラーシュとセフィリアの間に皇子が誕生して二ヶ月。

リカルドと名づけられた皇子は、健《すこ》やかに成長している。

誕生の際は王宮に数千人の国民が集まって、奇跡のオメガから皇子が誕生したことを祝福してくれた。


地方での政務から急いで帰城したアンドラーシュは、足早にセフィリアのいる居室に向かっている。

「まったく、これほど帰りが遅くなる予定ではなかったんだが」

背後から、ほぼ小走りになりながら皇帝のあとをついてくるエルネーにそんな愚痴が漏れるが、相手からは苦笑しか返ってこない。

予定より視察時間が延びたことが気にくわなくて、アンドラーシュは機嫌が悪い。

その理由はというと、今朝《けさ》、セフィリアに一年ぶりとなる発情期がきたからだ。

久しぶりの発情期のせいで、朝はいつもより頬を紅くしていたセフィリアに、「いってらっしゃいませ」と送り出されたときには、まさに断腸の思いで仕事に向かった。

「待ってろよセフィリア！」

アンドラーシュは鼻息を荒くして、今度こそ本気で廊下を走り出した。


「今日は少し冷えるから、あったかくしないと」

皇帝の居室の長椅子に座ったセフィリアの腕の中には、真綿のおくるみに包《くる》まれたリカルドが眠っていた。

ピンク色のほっぺに金色の髪、長いまつげに覆われたまぶたの下にあるのは父親譲りの翡翠《ひすい》の瞳。

また生後二ヶ月なのに、とても整った顔立ちをしている。

「セフィリア、帰ったぞ！」

ノックもせずに部屋の扉が開き、一直線にこちらに向かってくるアンドラーシュ。

「お帰りなさい。アンドラーシュ」

振り返ったセフィリアはその麗しい美貌で微笑《ほほえ》み、その腕には可愛《かわい》い皇子の姿。

アンドラーシュはそれを見ただけで感極まって、早足で歩み寄る。

実は皇帝は、ほぼ毎日こんな状態なのだ。

「リカルド！　久しぶりだな。いい子にしていたか！」

大声で呼びかけて頬を触ろうとするアンドラーシュから皇子を隠すようにして、セフィリアは首を振る。

「久しぶり？　今朝も寝ている皇子を起こしてから出かけただろう？　それより、手を洗ってきたか？」

「もちろんだ。手も顔も足も洗ったし、夕餉《ゆうげ》も公務ですませてきた。万全だ！」

それを聞いて、ふふっと噴き出したセフィリアは、リカルドのおくるみを開いてみせた。

「あぁ！　…なんと言うことだ、皇子はもう眠ってしまったのか？」

残念でならないといった顔でアンドラーシュが唇をへの字に曲げると、セフィリアは込みあげる笑いをなんとか嚙《か》み殺した。

「そのとおり。申し訳ないが皇子は眠ってしまったんだ。だからアンドラーシュ、頼むから起こさないでくれよ」

「あぁ、わかっているとも」

うなずきながらも、アンドラーシュはリカルドのやわらかい頬をむにゅむにゅと指で何度か挟んでから、盛大に唇にキスをした。

「アンドラーシュ、だめだ。皇子が起きてしまうだろう？」

いさめられるとしゅんとして、しばらくは赤子の顔を眺めていたアンドラーシュだったが、そこにリカルドの侍女兼乳母《うば》が入ってくきた。

毎晩、眠ったリカルドを引き取りに来てくれる彼女に、二人は名残惜《なごり》しそうに、皇子を預け、見送った。


扉が閉まると同時に、アンドラーシュは自分の袖が引かれるのに気づいた。

それと同時に、急に漂い始めた強いフェロモンの香りに、くらりと目眩《めまい》を覚える。

どうやらセフィリアが急なヒートに見舞われたようで、足元がグラリとふらついた。

「…っ、おい！　大丈夫か？」

セフィリア自身も、自分ではどうにもできない性急な身体の反応に戸惑う。

「すまない。急に今、どうしよう…アンドラーシュ」

常に品行方正で貞淑な妻であるセフィリアだったが、いくら久しぶりのヒートとはいえ、これほど強烈なフェロモンが出るのは初めてだった。

オメガは出産後、二、三年は妊娠しないと言われているが、体質が変化した可能性は考えられる。

「頼む…立っていられないんだ。アンドラーシュ…助けてくれ。早くっ…！」

これほど露骨に誘われるのは初めてで、アンドラーシュはそれだけで全身の血が沸騰し始める気がした。

アンドラーシュは興奮を露《あら》わにしてセフィリアを抱きあげると、大股で歩いて寝室の扉を開け放ち、寝台に妻を押し倒した。

服を脱ぐため、アンドラーシュはいったんは離れようとしたが、セフィリアが服を摑《つか》んで離さない。

「本当にどうした？　服を脱ぐだけだ。おい、セフィリア」

「早くっ…もう、待てない。苦しくて、身体が、熱いっ…早く。頼むから…アンドラーシュ」

オメガであるが故、一度始まってしまえばセフィリアは性に奔放だが、基本的には慎《つつ》ましやかだ。

自ら誘うことが滅多にない妻からの要求に、アンドラーシュの興奮は沸点まで駆けあがっていく。

「わかった。俺も、もう待てそうにないからな」

荒々しい仕草でセフィリアのシャツを剝《は》ぎ取り、すでに汗ばんでいる肌に、口づけを降らせる。

セフィリアは熟しきって尖《とが》った乳首を、ねだるように突き出した。

「あ…ぁぁ、ここ。可愛がって、アンドラーシュ」

痛みと紙一重の強さで乳首を摘《つ》まみあげられると、強烈な痺《しび》れがビリビリと背筋を走り抜ける。

官能を掻《か》き立てられ、セフィリアは腰を甘く揺らしながらアンドラーシュに押しつけた。

「もっと、して。気持ちいい…からっ。舐《な》めて…ぇ」

狂ったように愛撫《あいぶ》をねだられて、望みを叶《かな》えるために舌が乳頭に絡みつくと、アンドラーシュのペニスはガチガチに張りつめていく。

「気持ちいい…ぁぁ、そこ…だけで、イきそう。たまらない…ぁ。ぁぁ、アンドラーシュ」

オメガ性の男性は性交において、射精を伴わない、他の性感帯や後孔で得られる特有の絶頂がある。

「あっ。ひぁぁっ……イく。イくっ…っ」

嗄《か》れた声で高く啼《な》いたあと、セフィリアはまさに乳首だけで軽くイってしまった。

「もぉ…我慢できないっ。アンドラーシュ、お願っ…欲しい。挿《い》れて…早く」

今のセフィリアは、まるで盛りのついた猫みたいに色っぽかった。

「あぁ、わかった。そんなにこれが欲しいなら、俺の上に乗って上手に挿れてみせろ」

命じられて、セフィリアは白くしなやかな肢体を気だるげに起こすと、逞《たくま》しい腰の上に躊躇《ちゅうちょ》なくまたがった。

自分が命じたとはいえ、こんな大胆な妻の姿が新鮮で、アンドラーシュは驚きつつも好きにさせることにする。

その間もオメガの後孔からは、愛液がドロドロとあふれて太腿《ふともも》を伝い落ちて、さらに濃くなったフェロモンがアルファを狂気へと駆り立てる。

自ら腰を落としていき、ガチガチに勃起した凶器の先端で、己の後孔のとば口を押し開いた。

「あぁ…ぁん！　いぃ……たまらない。アンドラーシュ…っ」

びしょびしょに濡れているせいで、恐ろしいほどの質量のペニスをも、セフィリアはためらいなく奥まで飲み込んでいく。

時折、グンと下からの突きあげがくるとセフィリアは感じ入って、啼きながら身体を跳ねさせた。

「ぁひっ！　ぃ…いぃ、気持ちいい。たまらないっ…ぁぁっ…」

その頬には歓喜の涙がこぼれ、口角からは粘度の高い唾液が垂れ落ちる。

「セフィリア、嬉《うれ》しそうな顔をするな。手加減できなくなるぞ？」

「いい…んだ。わたしは、本当に…嬉しいからっ。あ…あぁぁっ…そこ、もっとして」

この男に囚《とら》われて追い詰められて番にされて、それでも今はこんなにも所有されることに喜びと幸福を感じている。

それを今、セフィリアはどうしても伝えたかったが…。

「ぁん！　それ、だめ…いい、たまらないっ…っ」

アンドラーシュは巨大なペニスで深く差し貫いたまま、奥ばかりを執拗《しつよう》に突き続けた。

ぐらぐらと大きく揺れてセフィリアが前に倒れてくると、アンドラーシュは上体を起こし、今度は対面座位でセフィリアを揺さぶる。

「ひっ…ぁぁっ！　急にっ…そんな動くなっ！　ぁ…だめ、だ。そこ、…わたしは…ぁぁ」

「ここが弱いんだろう？　知っている。おまえの性感帯は、全部俺のものだからな」

戯れに乳首をピンと弾《はじ》かれて、盛大に悲鳴があがった。

「ひぁぁぁぁっ」

何度も絶頂を与えられ、セフィリアは息も絶え絶えになりながらもなんとか伝えたくて、必死で囁《ささや》く。

「……アンドラーシュ、あなたが好き、好きだ。愛してるっ」

セフィリアがこんなふうに自ら想《おも》いを告げるのは珍しくて、アンドラーシュは嬉しくてたまらない。

「セフィリア、俺も愛している」

互いの身体《からだ》をきつく抱きしめ合い、同じ波長で揺れていると、二人一緒ならどんな未来が来てもなにも怖くないと思える。

「好き、あなたが好きだ。ずっと…一緒に、いて欲しい。わたし以外を…愛さないで。誰もっ…抱か、ないで。どうか、わたしを……離さないで」

今まで言葉にできなかった重すぎる懇願が、セフィリアの唇から迸《ほとばし》った。

背中に急に爪を立てられ、アンドラーシュは甘い痛みに眉をひそめる。

「馬鹿なことを言うな。俺はゼノン神の御前で永劫《えいごう》の愛を誓ったのを忘れたか？　逆に覚えておけよ。おまえが誰かと浮気でもしたら、その場で殺してやるからな」

本望だと言わんばかりに、セフィリアが両手両足を逞しい腰にまわしてしがみつくと、中も同調してきつく締まる。

「くっ…っ」

「わたしは、あなたを…愛してる。アンドラーシュ、どうか、生涯、わたし…だけ、だとっ……誓ってくれ」

「言葉が欲しいなら、何度でも言ってやる。生涯の妻はおまえだけだ。おまえだけを愛している、セフィリア」

声と吐息が淫らに混じり合うと、これ以上ないほどの歓喜が全身の血を沸き立たせた。

まるで精液を搾取するように、ただれた媚肉《びにく》がペニスを締めあげてまといつく。

脈動のように、一つ大きく腰が突きあげられる。

限界までふくれあがったペニスから、灼熱《しゃくねつ》の体液がドクドクと注ぎ込まれた。

セフィリアは啼き喘《あえ》ぎながら、押し寄せる快感に溺れてつややかに微笑む。

「あぁ……嬉しい。わたしは…幸せすぎて…もう、死んでもいい…」

目の前でアンドラーシュの美しい顔が滲《にじ》んで、天蓋から垂れる幕が視界から消えた。

「おいセフィリア、しっかりしろ」

深いところから這《は》いあがってくる喜悦の波にすべてを押し流され、セフィリアは微笑みながら昇天した。


頬を軽く叩《たた》かれると、セフィリアはゆっくりと目を開ける。

ほんのわずかの間だが、失神していたと知った。

「……ぁぁ、アンドラーシュ……？」

「まだ寝るのは早いぞ？　発情期は始まったばかりだからな。三日間はここにこもって、身体が溶けるまで愛してやる」

まるで挑むようにして、セフィリアの瞳がキラキラと妖《あや》しく光る。

「嬉しい。どうか、わたしを抱きつぶして…」

あの日、偶然に出会ってしまった運命の番。

遠回りをしたけれど、必ず未来は一つになる運命だった。

追憶の日々を感慨深く噛みしめながら、セフィリアはアンドラーシュの首根にしがみついて、熟れた身体をすり寄せた。

あとがき

こんにちは。早乙女彩乃です。

今作は私にとって、初めてのオメガバース作品になりました。オメガバースは以前からずっと気にはなっていた設定なのですが、ようやく形にできました。お気づきでしょうが、今作は基本的なバース設定に則りながらも、ほんの少しだけオリジナル要素も取り入れておりますので、その点だけはご容赦くださいね。

書き終わって思ったのですが、この世界観だと王族作品にありがちな世継ぎ問題もスムーズに解決できるし、主人公も公に幸せにしてあげられるので、書いていてすごく満足感を得られました。なのでオメガバースは、今後も積極的に書いていきたいです。

何年書いていてもヘボな私ですが、読者の方からたまに感想のお手紙をいただきます。ですが昨年は多忙のためお返事が書けませんでした。なのでこの場を借りてお礼を言わせてください。直筆のお手紙は、読者の皆さんの感情がストレートに伝わってきてとても励みになりますし、自身のやる気にも繋がります。本当に感謝しています。

イラストを描いてくださった北沢きょう先生。以前の私の両性具有作品である『狼殿下の溺愛妃』でも、本当に理想通りの麗しいキャラクターを描いてくださいましたが、今回もご一緒できると聞いて俄然執筆に力が入りました。アンドラーシュとセフィリアが本当に麗しくて感動しました。ありがとうございました。

いつもご指導いただく編集部の皆さま。今回もお世話になりました。いつもありがとうございます。

最後に…完全にわたくしごとなのですが、今ちょっと忙しかったりしていて、今後は仕事とどう両立していくかを考えています。今まで半年に一本ペースで書かせてもらってきましたが、少しペースは遅くなりそうです。でも書くことは好きだしやめたくないので、なんとか続けていきたいと思っています。私なりにできるだけがんばりますね！

ここまで読んでくださってありがとうございます。また次回作品でもお会いできれば幸いです。

早乙女彩乃

早乙女彩乃先生、北沢きょう先生へのお便り、
本作品に関するご意見、ご感想などは
〒101-8405
東京都千代田区神田三崎町2-18-11
二見書房　シャレード文庫
「覇王の誓い～囚われた奇跡のオメガ～」係まで。

本作品は書き下ろしです

CHARADE BUNKO

覇王《はおう》の誓《ちか》い～囚《とら》われた奇跡《きせき》のオメガ～

【著者】早乙女彩乃《さおとめあやの》

【発行所】株式会社二見書房
東京都千代田区神田三崎町2-18-11
電話　03(3515)2311［営業］
　　　03(3515)2314［編集］
振替　00170-4-2639
【印刷】株式会社 堀内印刷所
【製本】株式会社 村上製本所

落丁・乱丁本はお取り替えいたします。
定価は、カバーに表示してあります。

ISBN978-4-576-20024-8

https://charade.futami.co.jp/